JN007461

捨てられた妻は記憶を失い

クリスティン・リマー 作

川合りりこ 訳

ハーレクイン・イマージュ

東京・ロンドン・トロント・パリ・ニューヨーク・アムステルダム
ハンブルク・ストックホルム・ミラノ・シドニー・マドリッド・ワルシャワ
ブダペスト・リオデジャネイロ・ルクセンブルク・フリブール・ムンバイ

A HUSBAND SHE COULDN'T FORGET

by Christine Rimmer

Copyright © 2019 by Christine Rimmer

All rights reserved including the right of reproduction in whole or in part in any form. This edition is published by arrangement with Harlequin Enterprises ULC.

® and ™ are trademarks owned and used by the trademark owner and/or its licensee. Trademarks marked with ® are registered in Japan and in other countries.

All characters in this book are fictitious. Any resemblance to actual persons, living or dead, is purely coincidental.

Published by Harlequin Japan, a Division of K.K. HarperCollins Japan, 2024

クリスティン・リマー

大型書店やUSAトゥデイ紙のベストセラーリストにたびたび登場する。RITA賞に2作品がノミネートされ、ロマンティックタイムズ誌でも賞を獲得した実力の持ち主。ロマンス小説家になるまで、女優、店員、ビルの管理人など実にさまざまな職業を経験しているが、すべては作家という天職に巡り合うための人生経験だったと振り返る。オクラホマ州に家族と共に住む。

主要登場人物

アリッサ・サンタンジェロ……広告代理店の社員。
カトリオナ……アリッサの母親。
アーネスト……アリッサの父親。
ダンテ……アリッサの兄。
パスカル、トニー、マルコ……アリッサの弟たち。
コナー・ブラボー……ダンテの元親友。木材会社の最高財務責任者。
ダニエル……コナーの兄。
グレイス……コナーの妹。
ドクター・セレナ・ワーバリー……医師。

1

事故なんか起こすべきではなかった。考えごとに気を取られてさえいなければ、アリッサ・サンタンジェロはあんな運転ミスをしなかったはずだ。

故郷での長い休暇を前に、アリッサはある決心をしていた。実家に引きこもって過ごすつもりはない。失恋した女性がよくやるみたいに、人目を避けて街中をこそこそ歩くのはまっぴらだ。心にもない嘘《うそ》をついてわたしを裏切り、関係を修復する努力もせず、ただ離婚届を送りつけてきたかつての夫、コナー。万が一にも彼と街でばったり会わないように神経をすり減らしながら過ごすなんて、ばかげている。

ああ、まただ。また彼のことを考えてしまった。とりとめのない記憶が頭を巡り、危険な領域にまで踏み込んでしまいそうだ。それだけは絶対にだめ。あの人のことなんか考えたくもない。そもそも思い出すつもりなんてなかったんだから。ほんの少しも。

わたしはただ、この休暇中どうやって過ごすかを自分に言い聞かせていただけ。自信を持って堂々とふるまおう。アリッサは深く息を吸い込んで覚悟を決めたかのようにほほえみ、ふたたび前方に意識を集中させた。

アメリカ西海岸、オレゴン州にあるポートランド国際空港からバレンタイン・ベイまでのドライブ。美しい眺めだ。国道二十六号線の一部にあたるこの区間を、人々は〝サンセット・ハイウェイ〟と呼んでいた。道は国有林の中を出たり入ったりしながらうねうねと延び、その先は西へ、夕日の沈む方角へと向かっている。

七月のとある土曜日。まだ昼間の暑さが残る夏の黄昏時《たそがれどき》で、辺りは仄暗《ほのぐら》い。アリッサはレンタカーの窓を開けた。大気中に針葉樹の香りが漂っている。オレゴンの森の匂いだ。

懐かしい故郷の香り。

せっかくの帰郷だというのに……。

アリッサの心はいまだに落ち着かず、思考も定まらなかった。現在のことを考えたかと思うと、次の瞬間にはぐるりと回って過去に戻ってしまう。

元夫、コナー・ブラボーとの思い出に。

彼のことを考えるのはいいかげんにやめなさい、アリッサ・サンタンジェロ。代わりに、今の自分がどれだけ恵まれた人生を送っているか考えるのよ。

憧れの広告代理店〈ストラテジック・イメージ〉でアシスタントとして雇われ、ゼロからスタートし、キャリアの階段をいっきに駆けのぼることができた。友だちが何人もできた。みんな魅力的で頼りがいのある洗練された女性ばかりだ。アパートメントは、マンハッタンでもおしゃれなエリアとして今人気のトライベッカ地区にあり、部屋こそ狭いが大容量のウォークインクローゼットが備わっている。愛用するファッションアイテムの数々をまるごと収納できてしまう最高の住まいだ。夢のニューヨークライフ。ニューヨーク、ニューヨーク……フランク・シナトラの名曲が頭をよぎった。

ただ一つ欠けているのは、人生をともに楽しめるすてきなパートナーの存在だけ。

探す努力を怠ったわけではない。友人に紹介された男性とデートしたり、話題のマッチングアプリを通じて知り合った相手とつき合ったりもした。だがどの男性もどこか決め手に欠け、いずれも長続きしなかった。二週間前にも別れを経験したばかりだ。カイル・サントスは魅力的な男性だった。でも相性がいいとは思えなかった。このまま関係を長引かせるのもどうかと思い、交際を終わらせた。

ああ、もう、何をくよくよ悩んでいるの？　まだ二十九歳だし、今は仕事が楽しい。理想の男性ならそのうちにまた見つかるわよ。今度こそ、わたしにぴったりの相手が。

とはいえ、こうして故郷に帰ってくると……。

やっぱりつらかった。どちらを向いても思い出がいっぱいある。かつてはコナーと二人で年に何度もこの道を使ってオレゴン大学と実家のあいだを行き来したものだ。途中にある地元の人気スポット、巨大なログハウスレストラン〈キャンプ１８《エイティーン》〉では、よくハンバーガーを頬張った。

あの頃はよかった。最高に楽しい毎日を二人で過ごしていた。

それなのにコナーのせいで何もかもだめになった。彼はわたしの愛をつなぎとめるために嘘をついて、離れ離れにならないために強く望んでいたはずの新天地での生活を、試そうともせずに拒否した。

アリッサは目をしばたたいて気持ちを引きしめた。考えるのはやめなさいと、あらためて自分に言い聞かせた。

効果はなかった。

離婚してから七年も経《た》っている。それなのに、サンセット・ハイウェイをたった一時間走るだけで思い出がどっと押し寄せるなんて。

彼はわたしのことを思い出したりするのかしら？

まさかね。そうは思えない……。

アリッサはハンドルを握る手にぐっと力を込めた。ごくりとつばをのみ、もう一度目をしばたたいて、込みあげてきた熱い涙をこらえた。

だから何？　それがどうしたというの？

わたしたちの結婚生活が終わって七年が経った。彼とはそのあいだいっさい連絡を取らなかったし、今後もずっとそうするつもりだ。コナーのことは、もう吹っ切れた。断言してもいい。

ハンドルを握る手をゆるめ、こわばった指を伸ばしてリラックスさせた。あれから何年も経っている。気にする必要はない。彼と会うためにここへ戻ってきたわけではないのだから。

「しっかりしなさい」誰もいない車内でつぶやいた。コナーに会ったら会ったで、そのときはそのとき。いいかげんに忘れよう。彼もきっと乗り越えたはず。

前方の暗がりで対向車のヘッドライトがきらりと光った。奇妙な動きをしている。こちらの車線に入ってきたように見えた。

次の瞬間、アリッサは恐ろしい事実に気がついた。あの車はわたしと同じ車線を走っている。

鋭い叫び声をあげ、とっさにハンドルを切って正面衝突を避けようとした。切りすぎたと思ったときにはすでに遅かった。フロントガラスの向こうから、太い樅《もみ》の木が立ちはだかるように迫ってくる。

そして、いきなり目の前が真っ暗になった。

誰かの声がする。

周囲から聞こえる人々の話し声。サイレンの音。聞き慣れない音もある。空気がもれる音と金属がきしむ音。胸をハンマーでたたかれたような痛み。顔が何かに埋まっている。焦げ臭い。肌が焼けるように熱い。まるで灼熱《しゃくねつ》のアスファルトの上にうつ伏せで倒れているみたい。

苦しそうなうめき声。それが自分の口からもれたものだと彼女は気づいた。

左耳の近くで声がした。「気がついたようだ」

彼女はふたたびうめき声をあげた。歯を食いしばって体を動かし、顔をすっぽり覆っていた何か嫌な臭いを発散するものから、なんとかして抜け出すと――それは運転席のエアバッグだった。

三度目のうめき声をあげた彼女は、冷静さを取り戻そうとした。どうやら事故を起こしたらしい。それもかなりひどい状況のようだ……。

おそるおそる首を回して声が聞こえたほうを向くと、大きく開いた運転席側の窓から心配そうにこちらをのぞいている州警察の警官と目が合った。

「もう大丈夫ですよ」そう請け合った彼の口調には、本当はそうではないときに特有の響きが感じられた。とはいえこんな状況において、ほかにどんな言葉を期待できるだろう？「すぐに助けてあげますからね。話はできますか？」

「あの……はい、もちろん」

「気分はどうですか？」

「えっ？」なんと答えればいいのだろう。「えっと……とりあえず大丈夫そうです」

「よかった。ほかに気になることは？」

「そうですね……体のあちこちが痛みます。胸と、あと顔も……」実際、チーズを削るグラインダーでこすられたみたいに額と頬がひりひりした。

「エアバッグによる火傷《やけど》ですね」警官が言った。

アリッサはまぶたを閉じて、シートの背もたれにぐったりと寄りかかった。「どこもかしこも痛いけれど、骨が折れたりはしていないみたいだわ……」もしかするとただ単にショック状態に陥っていて、自分が瀕死《ひんし》の重傷を負ったことすら気づいていないだけかもしれないが。

「気をしっかり持ってください」警官が言った。「なるべく早く出してあげますから」

救出までには多少の時間を要した。救助隊員たちは巨大な万能ハサミを思わせる工具を持ってくると、めちゃくちゃになった車体をばりばりと壊しながらこじ開け、閉じ込められていた彼女を助け出した。

すぐに救急隊員がやってきて、あなたは本当に幸運な女性だと口々にアリッサに話しかけた。彼女の顔には軽いかすり傷が、さらに肩から腰にかけてはシートベルトが当たったところに美人コンテストのたすきのようなあざが打撲によってできていた。左膝の傷は縫合する必要がありそうだという。

それに〝軽度外傷性脳損傷〟とかいう症状も起こしているらしい。脳損傷というといかにも重篤そうな症状のいったいどこに、〝軽度〟なんて言葉がつけられるのだろう。アリッサに隊員の一人が説明した。彼女が事故で意識を失っていたのはほんの十分程度だったと推察される。軽度とはその時間のことで、決して症状自体が軽いわけではないのだ、と。アリッサは基本的な視力や意識障害の有無を念入りに検査された。

検査の結果、異状なし。女性の救急医療隊員がそう言ってアリッサの肩を軽くたたいた。

救急隊の許しが出て、アリッサは先ほどとは別の警官と少し話をした。女性の警官だ。アリッサは事故について思い出そうとした。〈キャンプ18〉の横を通った覚えはあるが、そのあとの記憶は霞《かすみ》がかかったようにぼんやりしている。

「正直、事故がどうやって起きたのか、どうして車を木にぶつけたのか、わかりません。対向車のヘッドライトが見えたのは覚えているんですが……」

警官は小さくうなずいた。「目撃者がいました。あなたの車からさほど遠くない場所を走っていた、後続車のドライバーです。対向車が同じ車線を走ってくるのを見て、自身も衝突を避けようとしてハンドルを切り、ぎりぎりで間に合いました。州警察に通報したのも彼女です。ただ残念なことに相手の車の特徴に関する証言が曖昧で、特定できません。黒のセダンだった気がするとのことですが」

「つまり、その車の運転者は処罰されないだろうということですか？」

警官は悔しそうに肩をすくめた。「そうなってしまうケースも少なくありません……遺憾ながら」

アリッサは額に手を当てて言った。「すみません。頭が割れるように痛くて」

警官は同情するように言った。「わかりました。ではここまでにしますね」彼女は連絡先が書かれたカードをアリッサに渡した。「何か思い出したら、こちらの番号に電話してください」

「わたしの私物はどうしたらいいんですか？　車の中に残してきたものが、まだそのままなんですが」

別の連絡先が書かれたカードを渡された。車内に残されたものは、所定の捜査が完了したあとでこの番号に連絡すれば返してもらえるそうだ。

これですべて終了。アリッサは救急車に乗せられ、バレンタイン・ベイ記念病院へ連れていかれた。

病院に着き、会う人すべてに同じ質問をされ、アリッサはそのたびに、気分はよく、怪我《けが》は軽くて、少し頭痛がしますと繰り返した。医師たちは彼女の脈を取り、心拍数を測定し、頭の怪我を診察した。エアバッグによる火傷は軽症と診断され、患部を丁寧に洗浄してから抗生物質の軟膏《なんこう》を塗ってもらった。最後に診察した医師から、様子を見るために今夜は病院に泊まるよう指示された。合併症がなければ明日の朝には退院できるそうだ。

アリッサは入院用の個室へ案内されたあと、ベッドサイドの電話で母の携帯電話に連絡した。母は二度目の呼び出し音で出た。「セールスの電話なら、間に合ってます」

アリッサは頬がまだずきずきしていたが、ついほほえんだ。「わたしよ、ママ」

ゆっくり三つ数えられるくらいの間が空いたあと、探るような母の声が聞こえてきた。「いつもの携帯電話からじゃないわね。それに二時間前にはここに着くはずだったでしょう？」

「そうなんだけど、実は……」アリッサはため息をつき、枕に頭を預けた。「そもそもどこから話せばいいかわからないって言ったら、信じてくれる？」

「何があったの？」

「とにかくわたしは大丈夫。それだけは言っておくわね。ところで、もうベッドに入っていた？」母のカトリオナは四十八歳になるが、現在妊娠七カ月だ。お腹《なか》の子は彼女にとって五人目の息子になる。母はここ数週間で血圧が上昇し、お腹の張りや出血も何度かあったため、かかりつけ医から自宅で安静に過ごし、家事もしないようにと指示されている。アリッサが長期休暇を取って故郷に戻った理由もそこにあった。こんなときは、ただ一人の娘である彼女がそばにいるほうが母も心強いはずだ。

「もちろんベッドで横になっていたわよ。最近ではお手洗いのときくらいしか起きあがらないの。これだけは言わせて。我が家の男性陣を言い表すには、過保護という言葉でもまだ足りない気がするわ」

「数カ月後には、それがもう一人増えるわけね」

「神様は乗り越えられる試練しか与えないものよ。それに、あなたの父親がどんな人かはわかっているでしょう？」父のアーネストは五十歳。ハンサムでエネルギッシュで、控えめに言ってもかなり熱烈な愛情を妻に捧《ささ》げている。「あの人は考えるより先に体が動くタイプなの。そして並外れたロマンチスト。まあ、なんというか……抗《あらが》えないってことよ」

「はいはい、もう充分。ママの私生活についてこれ以上あれこれ聞かされるのはごめんだわ」受話器の向こうから母の笑う声がした。釣られてアリッサも笑いかけたが、あばら骨の辺りに痛みが走り、思わず息をのんだ。「痛いっ！」

「ちょっと、どうかしたの？」母が尋ねた。「いったい何があったのよ？」

「たいしたことじゃないの。運転中に事故を起こしただけ。レンタカーはめちゃくちゃになったけれど、わたしは大丈夫」

笑い声がぴたりとやんだ。母はどんなときも取り乱したりしない。いかなる非常事態においても常に気丈にふるまい、無駄口をたたかず、効率よく物事を進める。「詳しく教えて。今すぐに」母が促した。

アリッサは思い出せる範囲で事故のことを話し、最後に言った。「だけど何がきっかけで道をそれたのか、なぜ木にぶつかったのか、その辺りの記憶がほとんどなくて。気がついたら車が大破していた」

「とにかく無事でよかったわ。でも軽度の外傷性脳損傷ですって？　それって脳しんとうのこと？」

「ええ。だからママはベッドでじっとしていてね。病院に来たりしないでよ」

「だけど、アリッサ、あなた本当に……」

「わたしは大丈夫。多少怪我はしたけど、五体満足だし。今夜は病院に泊まるように言われたけれど、あくまで様子を見るためで心配することは何もないから。明日の昼前にはそっちに行けるわよ」

「すぐにお父さんたちに行ってもらうわ。病院の番号を教えてくれる？」

アリッサは電話に書かれた番号を読みあげた。

「ありがとう。愛しているわ、アリッサ」

「わたしもよ、ママ。じゃあね」

二十分後、父のアーネストが病室に姿を現した。そしていつものように愛情を込めて娘の名前を呼び、彼女の体を気遣いながら額にそっとキスした。

それから三十分もしないうちに、四人の兄弟が次々にやってきて彼女のベッドを取り囲んだ。兄も弟たちも、みんな眉根を思い切り寄せて心配そうな顔をしている。アリッサは兄のダンテ、弟のパスカル、トニー、マルコに、見た目ほどひどい怪我ではなく念のために明日まで入院するよう指示されただけだと言って聞かせた。

今夜はみんなで病室に泊まろうと父が言い出し、

看護師に頼んで追加の椅子を持ってこさせた。

「パパったら、何もそこまでしなくてもいいのに」

父は彼女の手を軽くたたいて言った。「いいからもう横になりなさい。ほら、目をつぶって」

父がささやくような声で言い、アリッサは指示に従った。ところが眠りに落ちる前に看護師が病室に入ってきて、父たちをいったん外へ出した。看護師はアリッサの血圧と体温を測り、痛みはどうかと尋ねた。もうほとんど感じないと彼女は答えた。

看護師が病室を出ていくと、入れ替わりに父と兄弟が戻ってきて椅子に座り、彼女に話しかけた。末の弟のマルコは大学一年生だ。学生生活を大いに楽しんでいるらしい。父によると、母の世話はパスカルの妻のサンディに頼んだので大丈夫だそうだ。

しばらく話を聞いているうちに、アリッサの目がとろんとして、父の声がしだいに遠くなっていった。

目が覚めたのは真夜中だった。ここはどこなの？ アリッサは急いでベッドに起きあがり、薄暗い部屋の中を戸惑いながら見回した。

そばの椅子で兄が眠っていた。何か尋常ではないことが自分の身に降りかかったのだと確信した。すぐそばには病院で見かけるキャスターつきのサイドテーブルがあった。今寝ているベッドもよく見ると医療用のものだ。

事故。わたしは事故にあった。そうよね？

膝がずきずきする。頬と額がひりひりして熱い。軽い頭痛がして、息をするたびに胸の辺りが痛い。

ふたたびぐったりと枕に頭を預けたとき、きっと物音がしたのだろう。兄がびくりとして目を開けた。

「起きたのかい、アリッサ。気分はどう？」

「体中がずきずきするわ」彼女はぼやいた。「でも大丈夫よ。コナーはどこに行ったの？」

兄は口をぽかんと開けた。「コナー？」

「ええ、コナーよ。知ってるでしょ。九年前に結婚したわたしの夫で、あなたの義理の兄弟」

兄は椅子に座り直して、呆然《ぼうぜん》と妹を見つめた。

「おい、どうした？　冗談だとしても笑えないぞ」

「冗談？　自分の夫に会いたがることのどこが冗談なの？」アリッサは勢いよく起きあがった。「ねえ、いったいどういうこと？　冗談なんかじゃないわ。はっきり答えて、兄さん。コナーはどこ？」

ダンテは身じろぎ一つせずに座っていた。ほんの少しでも動けば、妹が怒りを爆発させるのではないかと恐れているかのように。

実際、アリッサは不安で爆発寸前だった。動揺のあまり叫びそうになるのを必死にこらえ、さらに強い口調で尋ねた。「コナーに会わせて。彼を呼んできて。わたしが会いたがっていると伝えて。今すぐに」目が覚めたときよりも頭痛がひどくなっている。頭の中をハンマーでなぐられているような、情け容赦のない痛みだ。

「アリッサ、まずはいったん冷静になって――」

「コナーを呼んでったら！」悲鳴に近い声で叫んだ。

「夫を連れてきて！　ここに、今すぐ！」

「わかった」兄はさっと立った。「深呼吸をして、なるべく気持ちを落ち着かせるんだ。すぐに戻る」

彼は逃げるようにドアから飛び出していった。

アリッサは額に手を当てた。うずくような痛みがますます激しくなっていた。「コナー」彼女は目を閉じて心の中でつぶやいた。早く来て。わたしにはあなたが必要なの。どうしても会いたい……。

看護師があわただしく病室に入ってきた。後ろにダンテの姿も見える。「何かほしいものはないかい、アリッサ？」

「夫に会わせて」アリッサは答えた。「彼をここに連れてきて。今すぐに」

2

水曜の朝、コナー・ブラボーが仕事に出かけようとしていると、玄関のベルが鳴った。

書類の入ったバッグを床に置き、玄関へ向かった。たぶん隣人のミセス・ガーバーだ。またモーリスを捜しに来たに違いない。モーリスはすらりとした体つきの黒猫で、暇さえあれば外をぶらついている。しっぽをぴんと立てて、まるで自分がこのいそしぎ《サンドパイパー》通り一帯の主《あるじ》であり、周囲の家々と住人を含めた一切合切を支配する存在であるかのように、いつも気取った様子で歩いていた。

ところが意外なことに、訪問者はミセス・ガーバーではなかった。

「おはよう、コナー」玄関に立っていたのは、バレンタイン・ベイ警察のブルーの制服を着たダンテ・サンタンジェロだった。ダンテは両手の拳を制服のポケットに突っ込んだまま、ほとんど判別できないほどの小さな会釈をした。

「きみか」ここでいったい何をしているのだろう？　コナーはいぶかしんだ。ダンテとは昔、親友だった。しかしこの七年間は、互いに関わりを持たないよう、細心の注意を払っていたはずだ。

アリッサ。その名前が頭にぱっと浮かび、鋭い衝撃がブーメランのようにコナーを襲った。

彼女に何かあったのか？

「なんの用だ？」自分の発した言葉に不安をいっそうかき立てられて、コナーは愕然《がくぜん》とした。かつての親友が伝えに来た知らせがどんなものだとしても、七年前に妹と別れた男の自宅までわざわざ足を運ぶほど悪い知らせなのは確実だ。

そしてアリッサの人生を狂わせたのは、ほかならぬコナー自身だった。救いようのない愚か者だ。幼稚で身勝手な理由で、誰よりも可憐で利発な最愛の女性との幸せな結婚生活をだいなしにした。しかも壊れた関係を修復する努力すらしなかった。

もう一度人生をやり直すチャンスをもらえたらと、どれほど願ったことだろう？

自分にそんな価値がないのはわかっている。何より望んでいたものをみずから投げ捨てた。己の愚かさに気づいたときには、すべてが遅すぎた。

断腸の思いでアリッサとの連絡を絶った。それが自分にできる最善のことだと思ったからだ。憧れのニューヨークで新たな人生を始めて、彼女にもっとふさわしい相手を見つけてほしいと願っていたのに。

ダンテの表情は何も語っていなかった。「きみに話がある」

はらわたを捻《ねじ》られ、二重結びにされたかのような思いでコナーは一歩下がり、家に入るようダンテを促した。

いちおうコーヒーを勧めてみたが、拒否された。ダンテはリビングルームの暖炉の横に立ち、極めて冷静な口調で恐ろしい話を始めた。「四日前のことだ。ポートランド国際空港から実家に向かっていたアリッサの車が道路脇の立木に衝突した。対向車を避けようとしたらしい。急いでいたわけではなかったものの、乗っていたレンタカーが大破する程度のスピードは出ていたようだ」

「何が言いたい？　まさか彼女が……」

「妹は生きている。多少、怪我《けが》はしたがね。それに脳しんとうも起こしていた。衝突の際に頭を打って意識を失った。さほど長い時間ではなかったそうだが」

コナーは胸を撫《な》でおろした。「そうか、だったら心配する必要はないということだな？」

「そうとも言い切れない……」

コナーは両手をポケットに突っ込んだ。ダンテの体をつかんで揺さぶりたくなる衝動を抑えるために。最悪の場合、相手につかみかかって、アリッサに何があったのかを洗いざらい話すまで何発もなぐっていたかもしれない。「無事なのかそうじゃないのか、はっきり言え」

「ぼくらも初めはすぐに元気になるだろうと思っていたが……」

「思っていたが？」

「事故の翌日、妹は夜明け前に目を覚まし、きみに会いたいと言いはじめた」

ほんの一瞬、コナーは天にも昇る心地になり――次の瞬間はっとした。「アリッサはぼくを目の敵にしているはずだ。なぜ会いたいなどと？」

ダンテが警戒するような視線を向けた。「おい、突っ立ってないで座って話を聞いたらどうだ？」

「いいから質問に答えてくれ」

「好きにしろ。つまりだ、少し珍しいタイプの記憶喪失にかかっているらしい」

「なんだと？　ちょっと待てよ。記憶喪失？　どういうことだ？　言ってることがめちゃくちゃだぞ」

ダンテは彼をじろりとにらんだ。「これでも順を追って話そうとしているんだ。続きを聞きたければその口を閉じていろ。でないと話ができない」

コナーは顔をしかめた。「すまない」そして髪をかきあげて言った。「黙って聞くよ。続けてくれ」

どうだかな、と言いたげな視線をコナーに向け、ダンテはあらためて話しはじめた。「妹はきみとの結婚生活が今も続いていると信じ込んでいる」

結婚生活が今も続いているだって？　ぼくとアリッサの？「そんなばかな」

「理解できたようだな」ダンテは悲痛な表情で言った。「やれることはなんでもやった。口論もしたし、説得もした。切々と訴えたり、なだめたりもした。だが何をしても受け入れなかった。きみと七年前に離婚したことを、頑として認めようとしない」

「彼女の担当医は？　そういった症状が出た場合の対処法を知っているはずだ。何かしら検査や治療をしたんだろう？」

「やったさ。ＣＴスキャンもＭＲＩ検査もしたし、セラピストとの面談にも長々と時間を割いた。フランシス神父ともじっくり話し合った」

　フランシス神父。その名前には聞き覚えがあった。オーシャン通りに小さなカトリックの教会があり、サンタンジェロ家は全員そこで洗礼を受けていた。純白のウエディングドレスを身にまとったアリッサがバージンロードを静々と歩いて彼の元へ来る姿が、コナーの脳裏に浮かんだ。身内だけのささやかな式。あのとき祭壇で結婚の誓いの言葉を読みあげたのが、たしかフランシス神父だった。

　ダンテはさらに話を続けた。「脳の画像検査ではなんの異状も発見されなかった。フランシス神父は〝いずれ神が道を示してくださるでしょう〟と繰り返すだけだった。担当医は、彼女がゆっくり時間をかけて徐々に記憶を取り戻し、自分がすでに既婚者ではないことも、結婚生活が何年も前に終わったことも、やがて思い出すだろうと予想している」

「だとしても……現状はどうなんだ？　アリッサは今どうしている？」

「苦しみと闘っているよ。きみに会わせてほしいとずっと訴えている。何年も前に離婚したことを伝えても耳を貸そうとせず、最初は声を荒らげたり泣きわめいたりしていた。今では騒がなくなったものの、何を言われても信じる気はない、どうしても夫と話をさせてほしいと言い張っている。もはや打つ手はなさそうだ。きみが来ないなら自分から会いに行く、とも話していたな。直接会って今の状況をきみの口から説明してもらう、と。なぜ突然自分を見捨てたのか、理由を訊《き》きに行くとね」

　コナーは暖炉のそばの椅子に力なく座り込んだ。

　ダンテの話はまだ続いた。「そして今朝、事態はますます深刻になった。アリッサはきみに何かあったに違いないと考えているようだ。今は実家で両親と過ごしているんだが、三十分前に母から電話があった。朝食の席で父に面と向かって嘘《うそ》つきと言ったらしい。父はひどく傷ついた。わかるだろう？　アリッサは父のいちばんのお気に入りだ。恐ろしい事実をなぜみんなが黙っているのか、隠さずに話してくれと詰め寄ったそうだ。母は妊娠していて、医者からも絶対安静を言い渡されている。これ以上ストレスを与えたくない」

「それで、ぼくに何をしてほしいんだ、ダンテ？」

　彼は力なく首を振った。「本来ならこんな頼みごとは絶対にしたくなかった。きみには二度と妹に近づいてほしくないと思っていた。だが今の状況ではやむをえない。一刻も早く、きみの口から事実を伝えてほしい」

「わかった」かつてぼくはアリッサを見捨ててしまった。だが今回は違う。彼女がぼくの助けを求めているのなら喜んで駆けつけよう。「アリッサに会いに行くよ。ご両親と実家にいるんだな？」

「そうだ。一昨日《おととい》、バレンタイン・ベイ記念病院を退院したばかりだ」

「今からすぐに行ってくる」コナーはすっくと立ちあがった。

「その前にまず新しい担当医に会ってくれ。記憶障害の専門家で、女性のドクターだ。妹への対応については彼女の指示に従ってほしい」

「いいとも、これから向かう。どこに行けばその医師に会えるのか教えてくれ」

「それには及ばない。ぼくの車で行こう」

「頼む」そう言ってコナーは携帯電話を取り出した。「少しだけ待ってくれ。兄に電話する」コナーの兄ダニエルは家業の木材会社の経営者だ。そして弟のコナーは同社の最高財務責任者《CFO》を務めていた。「今日は仕事を休むと伝えないと」

ドクター・セレナ・ワーバリーの診療所は、バレンタイン・ベイの中心部に位置する歴史地区の中にあった。コナーとダンテは、準備が整うまで一階の待合室の椅子に座って待った。

ダンテはコナーと一言もしゃべろうとしなかった。椅子の肘掛けに腕をのせ、両手を組んで押し黙ったままコナーのほうをちらりとも見ようとしない。

コナーは読み古されたスポーツ雑誌をぱらぱらとめくった。飽きると窓の外に目を向け、アリッサの件で悲観的になるのをできるだけ避けようとした。

やがて医師本人が姿を現し、コナーたちは二階の診療室へと案内された。

ドクター・ワーバリーは好感の持てる人物だった。頭の回転が速く、自分の意見を率直に話す。彼女はダンテがかつての義弟に反感を抱いており、同席させても意味がないと瞬時に見抜き、待合室へ戻って待つようダンテに指示した。彼は不服そうにしながらも従った。

コナーはハーブティーを勧められたが断って、窓際の椅子に腰をおろした。窓の外へ目を向けると、数ブロック先に太平洋がわずかに見える。ドクター・ワーバリーはアリッサの病状について説明し、おそらく時間の経過とともに自然に回復するだろう、との見解を示した。さっきダンテから聞いた話と一致しているなとコナーは思った。

医師はさらに話を続けた。「とりあえずアリッサの気持ちを落ち着かせてあげましょう。そのためには彼女が今感じている苦悩や困惑を取り除かないと。

自分の頭にある知識と周囲の話がかみ合わなくて、かなり神経をすり減らしているはずです。疲れを充分に癒やして、興奮やストレスを可能な限り取り除くことが必要です」

「わかりました。ですが具体的にぼくは何をすればいいんですか？」

「アリッサを助けたいのなら、焦りは禁物です。病状の改善には周囲の気遣いと誠実な対応が欠かせません。患者を安心させつつ、真実のみを伝える。要はそういうことです。患者が事実と異なることを事実だと主張したとき、賛同したり調子を合わせたりしてはだめです。それは事実ではないと正直に言わなければなりません。彼女とあなたは何年も前に離婚しているのですから。そんなはずはないと食い下がられても、冷静にきっぱりと否定してください」

「嘘はいけないというわけですね。わかりました」

「あとはあなた自身の感情に振り回されないこと。冷静かつ落ち着いた態度で患者に接してください。会話の主導権は彼女に与えるように。相手に何を言われても、弁解したり怒ったりしないでください。あなたは過去の行動について、それがどんなものであったにせよ、弁明する機会を与えられたわけではありません。お二人の離婚について詳しくは知りませんが、ご家族から聞いた限りでは夫婦間でトラブルがあったようですね」

「彼らが話したとおり、離婚の責任はすべてぼくにあります」

「まあまあ」ドクター・ワーバリーは笑みを隠しているようだった。「自分を責めすぎるのも、あまりよくないと思いますよ」

「わかりました。気をつけます」

「彼女はあなたに会って無事を確かめれば安心するでしょうし、離婚の件をあなたの口から聞くことは治療にいい影響を与えると思います。でもご自分の感情を抑えられる自信がないようでしたら、今この場でそう言ってください。先方には、あなたを患者に会わせるのはやめたほうがいいとわたしから伝えますので」ドクターが言った。

コナーは真剣に考えた。この件から手を引くべきではないだろうか。自分に会ったせいでアリッサの症状が悪化するようなことになれば、ぼくは自分を一生許さないだろう。

だがその一方で、彼女を助けたい気持ちも確かにあった。ぼくはアリッサに会わなければいけない。彼女の心の負担を軽くできるなら、なんでもしよう。いつも毅然《きぜん》として一途《いちず》で、他人任せの生き方をしたことがないアリッサにとって、みずからの記憶に裏切られ、自分にとっての真実を周囲に否定されつづける今の状況は耐え難いに違いない。

ぼくはいかなる幻想も抱いていない。二人の関係に未来がある可能性はゼロに等しい。彼女とともに人生を歩める日は二度と来ない。かつての二人には嘘偽りのない真実と呼べる美しい何かが存在した。だが今はすべて失われた。ほとんどぼくのせいで。アリッサとの関係を修復したいわけではない。そもそも、それが可能だとは思っていない。

アリッサの病気が治って、彼女が幸せになりさえすればそれでいい。昔のように広い世界へ飛び出し、活躍する女性に戻ってほしい。ただそれだけだ。

「先生のアドバイスに従ってやってみます」コナーは言った。「下で待っているアリッサの兄にも、ぼくが彼女に会うことを承諾したと伝えてください」

彼女の実家に着くまで、自宅から診療所に向かうときと同様に車内での会話はいっさいなかった。

ぼくが何を言ってもダンテは怒りを爆発させるのではとコナーはいぶかしんだ。彼とは同い年で、二人ともアリッサより二つ年上だった。

悲しいことだ。彼とこんな関係になってしまい、本当に残念でならない。ダンテとのつき合いは小学校から始まり、中学、高校と常に一緒で、いちばんの親友だった。当時のぼくにとってアリッサに手を出すことはタブーだった。男として、大親友の妹にちょっかいをかけるべきではないとあの頃は信じていた。たとえどれほど彼女に興味があっても。

だがアリッサは違った。好きになった相手を全力で自分になびかせようとした。

彼女が十三歳のとき、コナーに初めての恋をした。豊かな黒髪とコバルトブルーの瞳。ミルクのような肌。彼女はすでにその頃から、女性らしい丸みを帯びたボディラインが魅力的な美少女だった。何かと機会を見つけては体にぴったりしたTシャツとホットパンツ姿でコナーの前に現れ、彼の心を鷲《わし》づかみにした。

それでもコナーは無関心を装った。ちょうどその年、タイのビーチリゾートで休暇を過ごしていた彼の両親が高波にさらわれ、帰らぬ人となった。ブラボー家の誰もがそうだったように、コナーも両親の死に大きなショックを受けた。アリッサがコナーといくら親しくなろうとしても、彼の頭には死んだ両親のことしかなく、心は父と母を失った寂しさで常に埋め尽くされていた。

一年かそこらのあいだ、アリッサは彼の関心を引こうと躍起になっていたが、やがてコナーは彼女に興味がないのだと考えはじめ、今度は彼を完全に無視するようになった。コナーはひそかに胸を撫でおろした。アリッサはダンテの大切な妹だ。そしてダンテはかけがえのない親友だ。余計なトラブルを招く行為は避けるべきだと思っていた。

事態が新たな展開を見せたのは、それから何年も経《た》った頃だった。二人はオレゴン大学で再会した。アリッサは新入生で、コナーは三年生。ダンテはポートランド州立大学に入り、遠く離れた街にいた。

初めはコナーもアリッサもただの友人を装っていた。コナーは彼女の面倒を見ているだけで、アリッサが大学生活に慣れるまで彼女の兄代わりを務めているに過ぎないふりをした。

だが、そんな兄妹ごっこも長くは続かなかった。一週間後には二人はつき合いはじめていた。次の一週間が過ぎたときには互いに離れられない存在になっていた。親友が大切な妹に手を出したと知ったダンテは怒りで我を忘れ、コナーの元に現れて彼に詰め寄った。取っ組み合いの喧嘩《けんか》になり、ダンテはコナーの強力なパンチで鼻を骨折し、コナーはそのときに小指の骨を折る怪我をした。

両者の傷が癒える頃には互いのわだかまりも解け、ダンテはコナーを許し、二人の結婚式で花婿付添人《ベストマン》を務めることを承諾した。

あの頃は何もかもが幸せにあふれていた。アリッサがみずからの将来に夢を抱き、コナーがその夢を彼女と共有しているふりを続けたことを除けば……。

アリッサの両親は、子どもたちを育てた二階建ての大きな館に今も住んでいた。パスカルとトニーはすでに結婚して子どもがいる。長男のダンテは妻と離婚して、双子の娘がいた。いちばん下のマルコは十九歳のはずだ。最後に彼の噂《うわさ》を聞いたときには、まだ親元で暮らしているとのことだった。

ダンテは館の前にある砂利敷きの駐車場に入り、先に駐車していた二台のあいだの空きスペースに停《と》めた。ほかにも少し離れた場所に泥で汚れたピックアップトラックが停めてあるのが見えた。サンタンジェロ家の四人の息子たち全員が今日この館に集結しているのだろうか。

ダンテが車のエンジンを切り、コナーに警告した。

「母もアリッサもひどく神経質になっている。きみの言動でほんの少しでも二人が悲しむ様子を見せたりしたら、ぼくは――」

コナーはそっと手をかざし、彼の言葉をさえぎった。「わかっている。行こう」

邸内に入ると、サンタンジェロ家の男性たちが広いリビングに勢揃《せいぞろ》いしていた。父親のアーネスト、息子のパスカル、トニー、そしてマルコ。よく似たコーヒーブラウン色の目に怒りの炎が燃えていた。もちろんダンテの目にも。

家長のアーネストがまず口火を切った。「きみをこの家に招きたくはなかったが、やむをえない事情ができた。わたしの愛する娘が、どうしても夫に会わせろと言って聞かないのでね。だがもしきみが、こちらの厚意を踏みにじるようなことをしたら……一族の誇りとこの拳にかけて、きみを二目と見られない顔にしてやるつもりだ」

コナーは冷静な声で応じた。「ぼくはトラブルを起こすためにここに来たのではありません。アリッサの力になりたくて駆けつけただけです」

かつての義父はコナーに冷ややかな視線を向けたあと、ようやくマルコに合図した。「アリッサをここへ連れてきてくれ」

「待ってください。最初は一対一で会うほうがいいと思います。彼女もできれば家族が見ていない場所でぼくと話したいのではないでしょうか」

「黙れ」アーネストとダンテがほぼ同時に叫んだ。

アーネストが言った。「きみに娘の何がわかる？　アリッサと話すのはわたしたちの前でなければだめだ。でないときみを監視できない。娘がここに来たら、すでに夫婦ではないことをきみの口から言え。何年も前に離婚したと伝えろ」

コナーは返事の代わりに肩をすくめた。今の状況ではこれ以上言っても逆効果になりそうだ。

マルコがリビングから出ていった。誰も何も言わず、永遠に続くかのような沈黙が時を刻んでいた。

　しばらくして、ついにアリッサがドア口に姿を現した。青白い腕にあざがあり、目の下には黒い隈《くま》ができていた。頭の左側には部分的に包帯が巻かれている。ミルクのように白く滑らかだった頬から額にかけてすりむいた跡があり、かさぶたになっていた。しなやかな首にも切り傷やすり傷があちこちに残り、痛々しい。豊かで艶やかな黒髪だけは、ほんの一筋も損なわれていなかった。目をそむけたくなるほどの姿なのに、それでもなお彼女は美しい。コナーは身を切り刻まれるような思いだった。

　彼を見た瞬間、アリッサが息をのんだ。おそらくコナーも同じことをしたはずだ。

　二人の目が合った。永遠にも思える甘やかな瞬間。なんという心地よさ。まやかしとわかっていても、なお非の打ちどころのないこの幸福感。アリッサは昔と変わらぬまなざしで、ぼくがすべてをぶち壊す前と同じように見つめている。まるでぼくが彼女の世界の中心であり、何よりも大切な存在であるかのごとく。

　今にもぼくの腕に身を投げ出してきそうだ。コナーは待ちきれなくてうずうずした。

　ところが彼女はそうしなかった。代わりに背筋をすっと伸ばしてコナーに歩み寄り、手を差し出した。どうすることもできない情熱の炎で体中の神経を焼かれながら、彼はその手を取った。

「来て」アリッサは部屋の外へ出ていこうとした。

「おい！」背後からダンテが大声で呼び止めるのが聞こえた。ほかのサンタンジェロ家の男たちも抗議の声をあげる。

「待ってくれ、姉さん！」

「行っちゃだめだ」

「部屋を出るんじゃない、アリッサ！」父親が命令した。

彼女はコナーの手を固く握ったまま、ドア口で立ち止まった。そして振り返るとその場にいた全員を押さえつけるようにじろりと見た。「悪いけれど、夫と二人だけで話したいの」

ダンテはその場に立ったまま、凍りついたように動かなかった。

「行かせてやれ」アーネストが息子に言った。コナーにはかつての義父が急に老け込んだように見えた。

それきり、誰も何も言わなかった。アリッサはコナーを連れて玄関ホールを横切り、階段を上った。二階に着くと二番目の部屋に入った。彼女が子どもの頃にずっと使っていた部屋だ。

今はもう子ども部屋ではない。母親が模様替えをしてゲストルームに変わっていた。壁の色は渋い茶色に変わり、ベッドカバーも淡いブルーだ。

アリッサとコナーは部屋に入った。コナーの背後で彼女が扉を閉める音がした。

「夢じゃないのね」彼女がつぶやいた。「コナー」

そしてアリッサは彼の腕に飛び込んできた。

「アリッサ……」天にも昇る心地だった。ジンジャーのような甘くスパイシーな彼女の香りが、記憶を鮮やかによみがえらせた。コナーは切望と後悔で胸がいっぱいになった。

「コナー……」アリッサが彼を見上げた。背伸びをして顔を近づけ、唇を寄せてキスをねだっている。

今すぐに彼女の唇を奪ってしまいたい。これほど切実な願望を抱いたのは生まれて初めてだった。

だがそれは不可能だ。人として正しくない。

「待ってくれ、実は……」やむなくアリッサから離れ、一歩後ろに下がった。

期待がはずれた彼女は呆然《ぼうぜん》としてコナーの顔を見つめた。「実は？」傷を負った頬が上気して真っ赤に染まっていた。「話して、今すぐに」

「すまないが、ぼくたちはもう……」その先の言葉が出てこなかった。

「夫婦ではないのね」アリッサが抑揚のない声で言った。「あなたは七年前に離婚の申し立てをして、わたしは今ニューヨークに住み、華々しいキャリアを築いている。あなたとわたしはすでに……赤の他人だと言いたいのでしょう？」

彼は目をしばたたいた。「記憶が戻ったのか？」

アリッサは投げやりな笑い声をあげ、黒々とした髪を払った。「いいえ。そういうわけじゃないわ」脳が揺れ動くのを押さえるかのように、両手で頭を抱えた。「周囲の人たちからずっとそう言われつづけていて、あなたの目を見たとき、ああ、やっぱりそうなんだとわかったのよ」そして左手を顔の前にかざして言った。「ほら、薬指に結婚指輪をつけていないでしょう。これも重大なヒントだったわ。そうよね？ ノートパソコンは事故で壊れてしまったけれど、バッグと携帯電話はレンタカーの残骸から取り戻すことができたの。ニューヨーク州の運転免許証が入っていて、名字はサンタンジェロになっていた。自分のSNSも見つけたわ。マンハッタンにいる友人や同僚と撮った華やかな写真の数々が公開されていた」アリッサはふたたび頭を抱えた。「あなたとわたしは夫婦のはずだと今でも思っている。それは疑いようのない事実だと信じている。でも具体的なことはまったく思い出せないの。わたしたちがどんな暮らしをしているか、どこに住み、二人で何をして日々過ごしているのかがわからない……」

「一緒に暮らしていないからだよ」

「これまでに何が起きたのか、家族がすべて教えてくれた。繰り返し何度も。仲違《なかたが》いしたのは、あなたがオレゴンでずっと暮らしたいと思っていたのに、わたしが大手の広告代理店で働きたいと言って聞かなかったから。そしてわたしはニューヨークで仕事を得て、あなたはわたしと離婚することにした」

「そうだ」コナーは穏やかに言った。「少なくとも大筋では合っている」

「大筋では？ つまり事実はもっと根深いところにあるってことね？ 詳しく聞かせて」

コナーがここへ来たのは、アリッサと誠実に向き合うためだ。それでもまだ彼にはためらいがあった。自分が救いようのない愚か者だと白状することに、抵抗があった。「本当に何も覚えていないのか？」

そもそもどこから話せばいいのだろう？

「話してくれる？」アリッサが促した。

コナーは覚悟を決めた。「ぼくたちがまだオレゴン大学の学生だったとき、きみはとにかく広い世界に出たがっていた。ここでの生活は自分には向いていないと言い、ぼくも賛同した。それがきみの望みなら、もちろんついていくと約束した。ぼくは金融関係の仕事に就くだろうから、二人でニューヨークに旋風を巻き起こしてやろうと熱く語り、すっかり乗り気になったふりをした。きみはマンハッタンで憧れの会社の面接を受けて採用された。二人で住むアパートメントの賃貸契約も結んだ。お世辞にも広いとは言えない部屋だったがね」

「でも、あなたは本音ではそれを望んでいなかった。そうでしょう？」

コナーはうなずいた。「引っ越しの荷造りをするときになって、ようやくぼくは本心を打ち明けた。バレンタイン・ベイでの暮らしをずっと続けたいし、家業を継いだ兄の手伝いもしたい、と」

アリッサは話を聞く前よりも困惑しているように見えた。「なぜそんな嘘をついていたの？」

「きみを失いたくなかったから。ひょっとしたら、そのうちにきみも心の底では故郷を離れたくないと思っていたことに気づき、考え直すかもしれないと期待していた」

「だけどそうはならなかったわけね？」

「ああ。きみは本気だった。ぼくがニューヨークに行くのを拒んでも簡単にあきらめず、なんとかして歩み寄ろうとした。一年だけニューヨークで生活してみて、それからあらためて考えようとまで言ってくれた」

「それで、あなたはどうしたの？」

「自分の考えに固執した」アリッサは澄んだブルーの目をまっすぐ彼に向けた。コナーは彼女と目を合わせられなかった。「いいかげんにしろ、ぼくは絶対に行かない、と突っぱねた。意地を張っていれば、そのうちきみが折れて、ここに残ると言うだろうと軽く考えていた」

「けれどわたしはそうしなかった」

「そうだ。きみは行ってしまった。こちらからは連絡しなかった。そして、きみからも連絡はなかった。きみがオレゴンを去った二カ月後、ぼくは裁判所に離婚を申し立て、受理された書類をきみに一方的に送りつけた」

「コナー」

彼は顔を上げた。アリッサは目を見開いていた。話を聞いて驚いたのか、あるいはとても信じられないと思ったのか？

「何もせずに？」アリッサがつぶやいた。「二カ月間なんの連絡もしないで、電話一本すらかけずに、いきなり離婚を申し立てたってこと？」

「そういうことだ」

「あなたって――」

「最低の男だろう？　しかも話はそれだけじゃない。ぼくは書類を入れた封筒に走り書きのメッセージを残した。〝離婚したくなかったらオレゴンに戻ってこい〟とね。ありえないと思わないか？」

彼女は目をしばたたいた。「呆《あき》れたわ。自分で自分の悪口を言うなんて。だけど兄や弟たちから聞いていた以上にひどい話だったのね」

「まったくだ。そして後日、きみの署名が入った書類が送り返されてきた。封筒に走り書きがあったよ。〝誰が戻るものですか〟って」

　アリッサはしゃがれた声で笑った。「本当に？わたしもなかなかやるじゃない」

「当時のぼくはそうは思わなかったがね。そういうことだ。きみは実に立派だった」

「要するに、あなたはわたしを捨てて結婚生活を棒に振った最低最悪の悪党だったと言いたいわけ？」

　コナーは彼女の視線をしっかり受け止めながら、つらい事実を認めた。「そのとおりだよ」

　アリッサはしばらく彼を見ていた。何を考えているのか見当もつかなかったものの、今の話で彼女の好感を得られたとはとても思えない。

　彼女の前にひざまずいてもう一度チャンスを与えてくれと懇願したい衝動に駆られたが、なんとか抑えた。

　ばかなことを考えるな。ぼくにそんな権利はない。そもそもやり直すにはもう遅すぎる。この家に来たのはアリッサの手助けをするためで、さらなる困惑を与えるためではない。

　そのうちに彼女は記憶を取り戻し、マンハッタンでの本来の暮らしを思い出すだろう。憧れの生活をすべて手に入れたことも、ぼくなんかいないほうが幸せになれるということも。

「本当にすまなかった。ほかになんと言えばいいかわからないが、ぼくにできることがあればなんでも言ってほしい」

「なんでもですって？」アリッサは鼻先で笑った。

「わたしのために、なんでもしてくれるの？」

「ああ。きみの力になりたいんだ」

「そう。それならいいわ。来てくれてありがとう、コナー。あなたにお願いがあるの。今すぐわたしの前から消えてちょうだい」

3

「いつも電話してくれて本当にありがとう。じゃあまたね、シビー」カトリオナ・サンタンジェロは電話を切り、ベッドに横になった。

　娘のアリッサは窓際のゆったりした肘掛け椅子に座り、ビロード地のオットマンに足をのせていた。

「シビー伯母さんはなんて言ってた、ママ？」

「こっちへ来てわたしの世話をしたがっていたわ。でも来ないように説得した。先日アルバートが手術を終えたばかりで、やらなきゃいけないことが何かと多いはずだもの。あなたにもよろしく伝えてと言っていたわ」母は優しくほほえみ、大きな可動式ベッドの空きスペースを軽くたたいた。「こっちに来れば？　キングサイズの形状記憶マットレスを敷いたから、最高の寝心地よ」

　アリッサは椅子から立ちあがって母の隣に寝転び、伸びをした。「赤ちゃんはお腹《なか》を蹴ったりする？」

「たぶんだけど、この子はキックよりパンチのほうが好きみたい」

　アリッサは寝返りを打ち、怪我《けが》をしていないほう、つまり包帯が巻かれていないほうを下にして横向きになった。母の大きくなったお腹にそっと手を当ててみる。「何も感じないわ」

「お腹をパンチしてくるのは、わたしと二人きりのときだけなの。きっと恥ずかしがり屋の男の子ね」

　アリッサは母のお腹を優しくたたいた。こうして母とまた一緒に過ごすのは心地よかった。世間では母親と仲が悪い娘も数多くいるらしいが、アリッサは違った。昔から常に母と一緒だった。それに父と四人の兄弟がいずれも意志の強い男性だったせいで、母と娘は互いの存在を頼りに共同戦線を張る必要があった。

　ベッドサイドで犬がくうんと鳴くのが聞こえ、アリッサは母と顔を見合わせてくすりと笑った。「タッカーだわ。ベッドに上がりたいのね」

「いらっしゃい、タッカー」母がマットレスを軽くたたくと、犬はぴょんとベッドに飛び乗った。

　ワイヤーフォックステリアのミックス犬で、数年前に母が地元のシェルターから迎えた元保護犬だ。タッカーは母の隣に来て居心地よさそうに体を丸くして寄りかかった。

「それで、どうだった？」母が尋ねた。「コナーが来ていたそうね。彼に会って話をしたことで、何か変わったの？」

「ある意味ではね……」アリッサの頭にコナーの顔が浮かんだ。かつてブロンドだった髪は歳月を経て琥珀色《こはくいろ》になったが、彫りの深い顔立ちも、セクシーな顎のくぼみも昔と変わっていなかった。そして、魅力的なブルーグレーの瞳も。

　母の隣で寝ていたタッカーが体をかき、首輪につけた迷子札がぶつかり合ってかちゃかちゃと騒々しい音をたてた。

「具体的には？」母が訊《き》いた。

　無視しようかとも考えたが、そうもいかない。

「あとであれこれ言わないって約束してくれる？」

「いいわよ。絶対に言わない」

「彼に会ったことで、いっそう確信したの」

「何を？」

「コナーがまだわたしを愛していて、わたしも彼を愛していることを。離婚の原因がどちらにあったにせよ、わたしたちは一緒にいるべきだってことを」

「コナーにもそう言ったの？」

「まさか。コナーは昔の自分がどれほど見下げ果てた男だったかを切々と訴えたわ。話が終わったとき、むしろ彼の顔を平手打ちしたくなったくらい」

母は唇の端を上げ、からかうようにほほえんだ。

「それにもかかわらず、コナーに夢中なのね」

「わかったようなことを言わないでよ、ママ」

「あら、違うわ。わかったようなことじゃなくて、最初からわかっていたの。あなたたち二人はいずれ時が来ればよりを戻すだろうって」

「何よ、それ！　パパにもそう言ったの？」

「あのね、アリッサ、世の中にはあの人が知る必要のないこともあるのよ。男ってとても単純だから」

母はくすくす笑った。「コナーはあなたを傷つけた。だから父親の目から見れば、彼は悪党でしかない。けれどわたしには、そうは思えなかったの」

「コナーはママのお気に入りだったから」

「お父さんはあなたを危険から守りたがっている。だけどわたしは違うわ。あなたの人生を心のままに楽しんでほしい。さあ、どうする？　あなたの心が何よりも望んでいるのは何？」

「わたしとコナーはとっくに離婚しているんでしょう？　今は赤の他人よ」

「確かにね。でもわたしが聞きたかったのは、そういうことではないわ」

「じゃあ、今のわたしにできることって何？」

「お父さんたちはあなたがこの家を飛び出して、コナーのあとを追いかけるのではないかと、いまだに心配しているわよ」

事故の翌日、夜明け前に目を覚まして以来、父と兄弟はアリッサに繰り返し言い聞かせた。彼女が故郷に帰ってきたのは、母親が出産の日を迎えるまで世話をするためだと。

「それは無理よ。だってわたしはママのそばにいるために戻ってきたんでしょう？」

母は寝返りを打ってアリッサのほうを向き、娘の額にキスしてからふたたび枕に頭を預け、ため息をついた。「一度に二つのことをしてはいけないと定めた法律が、どこの世界にあるの？」

自宅のドライブウェイに車を乗り入れたとき、コナーはアリッサが玄関前の階段に腰をおろしているのを見つけてはっとした。膝上丈の黒いレギンスをはき、足元は銀色のミュール。体にぴったりした真っ白なシャツを着ているので、先日会ったときよりも胸のラインがはっきり見えて思わず目が釘《くぎ》づけになった。隣に黒猫のモーリスがいた。八の字を描くようにアリッサの足元を歩き回り、黒い尾をぴんと立て、うれしそうに撫《な》でられている。

車庫は敷地の地下にあり、ドライブウェイから続くスロープは両側を壁で補強してあった。コナーは手を振るアリッサに気を取られて運転席の反対側の壁に危うく車をぶつけそうになった。だがすんでのところでハンドルを戻したので、愛車のランドローバーは無事だった。背後で車庫の扉が閉まる音が聞こえ、コナーはつんのめるような格好でハンドルに突っ伏した。

アリッサはここで何をしている？　このあといったい何が起きるんだ？

彼女の顔を見ただけで、ばかみたいに胸を躍らせた自分が情けなかった。とはいえこのまま車の中でじっとしていても、疑問は何一つ解消されない。

車を降りて車庫の階段をいっきに駆けあがった。たいして長い距離ではないのにやたらと息が切れる。自宅へ続くドアの手前でブリーフケースをいったん置き、呼吸を整えながら額にかかった髪をかきあげ、体を起こし、背筋を伸ばした。

アリッサに会うことは二度とないだろうと思っていたのに、まさか昨日の今日で、ぼくの帰宅を玄関先で待っている彼女に会うとは夢にも思わなかった。

玄関の扉を開けるとアリッサがそこに立っていた。

顔の片方を覆っていた包帯はすでになくなっていた。アリッサの足元にモーリスがいる。「あなたの猫、かわいいわね」彼女が言った。

　モーリスがもったいぶった声でニャアオと鳴き、気取った足取りで家に入ってきた。コナーは好きなようにさせた。「モーリスは隣の飼い猫なんだ。自分がこの辺り一帯の主《あるじ》で、ぼくたちのことは領地に住まわせている家来だと思っているらしい」

「モーリス」アリッサが繰り返した。「ぴったりな名前ね。この子は誰にでも親しげで愛情深くて、常に自信たっぷりな感じだもの」

「ぼくに言わせれば、いささか自信過剰なところもあるけどな」

　会話が途切れ、しばらく沈黙が続いた。

　やがてアリッサが言った。「わたしも家に入れてもらっていい？」

「あ、うん。気がつかなくてすまない」コナーは後ろに下がり、アリッサを招き入れて扉を閉めた。

「すてきな家ね」彼女は驚くほど濃く黒いまつげをしばたたきながら、吹き抜けの天井を見上げた。

「木材は何を使っているの？」

　アリッサに見とれていたコナーはまばたきをして我に返った。「えっ？　ああ、ツガ《ヘムロック》の木だよ。マツ科の常緑樹だ」

「贅沢《ぜいたく》な造りね。二階にもっと大きな明かり取りの丸窓があるのが見えたわ。船室によくあるような」

「そうだな」

「海辺にあって船と縁が深いこの街にぴったり」

　今はそんな話なんかどうでもいいと彼は思った。

「いったいどういう風の吹き回しだい、アリッサ？　頭がどうか……いや、その……何かあったのか？」

「大丈夫よ。まあ……記憶喪失はまだ続いているけど、今よりも悪化することはないだろうし」

　彼はほっとして大きく息をついた。「それで？」

　アリッサは色白の手を体の前で合わせ、艶やかで柔らかそうな唇を舌で湿らせた。コナーの中で欲望がいっきに高まり、彼はひどくうろたえた。まずい。何か別のことを考えて気を紛らせないと。あとで愛車のオイル交換を業者に頼み、ドライブウェイも汚れていたから高圧洗浄機できれいにして……。

「母があなたの住所を教えてくれたの」ようやくアリッサが口を開いた。「そんなにまごつかないで。母はわたしたちが別れたあとも、ときどきあなたの様子をチェックしていたそうよ。もちろん法にふれるようなことはしていないと保証するわ」

「なぜそんなことを？」

「話せば長くなるから、とにかく、あなたはずっと母のお気に入りだったとだけ言っておくわね」

　あのサンタンジェロ家に、ぼくの味方がいまだに残っていたということか。驚いたな。

　アリッサが視線をそらした。今日の彼女はどこかそわそわしている。やがてアリッサは小さなため息をつき、ふたたびコナーに顔を向けた。「あのね、少し話がしたいんだけど、いい？」

　彼は無言で背後にあるリビングスペースを指した。周囲よりも床を少し高くして区切っているだけで、フロア全体がオープンな造りになっていた。彼女は勧められたグレーの革張りのソファに腰をおろした。猫のモーリスもソファにぴょんと飛び乗り、アリッサの横でごろごろと喉を鳴らしはじめた。

　コナーは肘掛け椅子に向かう途中で足を止めた。

「コーヒーか何か飲むかい？」

　彼女は首を横に振り、コナーが座ると話しかけた。

「一人で住んでいるの？」

「そうだよ」

「ガールフレンドとか、特別な女性は？」

「いない」仮にそんな相手がいたって、アリッサには関係ないだろうに。「今度はぼくから質問してもいいかな？」

「どうぞ」

「まさかとは思うが、今この瞬間にもきみの兄弟がぼくをぶんなぐる気満々でここに乗り込んでくる、なんてことは起きないだろうね？」

　アリッサはほほえんだ。「心配しなくていいわ。そっちは母がうまくやってくれているはずだから。今日はあなたに頼みたいことがあって来たの」

　どんな頼みでも喜んで聞くよ。コナーは心の中でつぶやいた。七年前に彼女の人生をだいなしにしたつぐないが多少なりともできるのなら。「なんでも言ってくれ」

　思わず耳を疑うような爆弾発言が彼女の口から飛び出した。「わたしは母の世話をするために十四週間の長期家族休暇を取っているの。というか、事故のあとで父や兄弟から何度も聞かされた話によると、そういうことらしいわ。だからそのあいだ、ここで過ごさせてもらってもいいかしら？　ニューヨークに戻るまであなたと一緒に住みたいのよ」

　ぼくと一緒に住むだって？

　聞き間違いではないのか？

　それに、なぜぼくの心臓はこれほど激しく打っている？「お母さんの世話はどうするつもりだ？」

「えっ？」

「たった今、言ったじゃないか。きみは母親の世話をするためにここへ戻った、と」

「ええ、そうよ。昼間は母と過ごすつもり。必要に応じてそのほかの時間帯も。それで、もしあなたが承知してくれるなら……迷惑でなかったら、ここの一部屋を貸してもらえない？　使っていない部屋があればの話だけど。そうすれば、あなたとも顔を合わせられるから」

　コナーはまだ半信半疑だった。「本気でぼくと一緒に住むつもりか？」

「わたし、そう言わなかった？」

「確かに言ったよ。だが、正直わけがわからない」

「つまりね……」アリッサが急にぎゅっと顔をしかめ、頭に手をやった。前に包帯が巻かれていた場所だとコナーは思った。

「どうした？」

アリッサは左のこめかみをさすりながら答えた。

「なんでもないわ。緊張するとたまにここが痛むの。ほんの少しだけ」

「本当に……大丈夫なのかい？」

「ええ」彼女は答えた。「しかたがないのよ。事故の後遺症らしいけど」

ある考えが頭に浮かび、コナーはぞっとした。

「まさか、自分で運転してここまで来たのか？」

アリッサは低くうなり、今度は両手でこめかみを強く押さえた。「その言い方、父にそっくり。そうよ。自分で運転してきたの。外に停《と》めてあるブルーのレンタカーを。担当医からも運転していいと言われたし、心配しなくても二度と木にぶつかったりしないわ。そうそう、部屋を貸してもらうなら家賃も払わないと」

「そういう問題じゃないんだ、アリッサ。ぼくたちは離婚した夫婦だ。別れたあとも親しくしていたわけでもなく、ほとんど絶縁状態だった」

「知っているわ。その辺の事実関係はちゃんと把握できているから。わたしはただ……」アリッサは言《い》い淀《よど》んだ。コナーが無言で次の言葉を待っていると、彼女はしばらくして悲しそうに肩をすぼめた。

コナーは身を乗り出し、肘を膝にのせた。「いいかい、ぼくは人として正しいことをしたいだけだ。この家でぼくと暮らすことが、きみにとってプラスに働くとは思えない。ぼくたちの結婚生活はすでに終わっているのだから」

「わかっているわよ」彼女は唇を固く引き結んだ。

「だが昨日はそう言っていなかっただろう？」

「今ではもう信じているわ。頭はまだ少しぼんやりするけど、機能が衰えたわけじゃない。わたしたちが夫婦ではないことくらいは理解できる」

「それでも心のどこかで疑っているだろう？」

アリッサはふたたび頭に手をやった。「いいえ、ほんの少しも疑ってない。さっきも言ったでしょう。脳がわたしに嘘《うそ》をついているのはわかってるわ！」

コナーは椅子の背にもたれ、できるだけ穏やかな声で言った。「すまない。ぼくのせいで興奮させてしまった」

「違うわ、あなたは悪くない。本当よ。わたしが勝手に取り乱してしまったの」

「やはりやめたほうがいい。ぼくと夫婦ごっこをしたところで、事実を完全に受け入れる方法を見つけられるはずがない」

「わたしは夫婦ごっこをしてほしいと言っているわけじゃないわ」アリッサは注意深く口調を改めた。「この街にいるあいだ、あなたの家に住まわせてほしいとお願いしているだけ。下宿人でもお客様でも、好きなように考えてもらっていいから」

問題はそこじゃない。ぼくがそれを切望していることだ。アリッサが愛《いと》おしくてたまらない。今でもその気持ちは変わっていない。アリッサを超える女性は世界中探したってどこにもいない。

だからといって、絶好の機会とばかりに飛びつくわけにもいかないだろう。アリッサはぼくと距離を置くべきだ。同居する必要があるとは思えない。

今のところ状況は最悪ね。

コナーはまるきり取り合ってくれない。

だから何？　わたしにはやるべきことがある。目標達成のためには全力を尽くすだけよ。

あの事故はわたしの記憶を混乱させただけでなく、

拒絶と愚かなプライドに満ちた七年間をわたしからきれいに取り去った。自分自身と向き合うチャンスを与え、心の底から切望するものが本当は何だったのかを示してくれた。

「あなたとの同居がわたしに悪影響をもたらすとか、人として正しくないことだとか、そんなことはいったん忘れて。逆にいい面もあるのよ。互いのことをよく知ることができるし、仲直りのきっかけをつかめるかもしれない。これまではまったく手をつけていなかったけれど、わたしたちが抱えていた問題を二人でうまく解決できるチャンスになるかも」

コナーはまだ納得できないようだった。「現実に目を向けるんだ、アリッサ。あれからずいぶん経《た》っている。何をしてもすでに手遅れなんだよ」

「そうかしら？　失われた結婚生活を取り戻すには遅くても、これまで引きずってきた悲しみや苦しみから解放されるのに、遅すぎることはないはずよ」

コナーは探るような目で彼女をじっと見つめた。

「それが本当にきみの望みなのかい？　ぼくたちが心の平穏を得て、それぞれの人生に戻ることが可能だと思っているのか？」

違うわ。思いがけずこんなことになったけれど、わたしはやはり人生のすべてを彼とわかち合いたい。記憶は失っても、コナーを失った痛手から立ち直れたわけではない。今ならその事実を理解できるし、素直に信じられる。彼の魅力に心が引き寄せられているのがわかる。

七年間の別離を経ても、わたしの心は変わらずに彼を求めつづけていた。そしてプライドをすっかり捨てた今は、心の求めるままに進むことができる。わたしはもう一度コナーとやり直したい。

本当はそう伝えるべきなのに。

でも、たぶん今はそのときではない。

「わたしの望みは、あなたと一緒に過ごすことよ」

「いいアイデアだとは思えない」

「そうかしら？」

「あたりまえだろう？」

「昨日は〝ぼくにできることがあればなんでも言ってほしい〟と申し出てくれたでしょう？」

「確かに言ったが……」コナーは立ちあがった。

「それだけは無理だ」

アリッサはまたもや頭痛に襲われ、両手で頭を押さえて何度か深呼吸をした。やがて痛みが遠のき、彼女は落ち着きを取り戻した。

「アリッサ」コナーが近づいてくる。

「大丈夫」彼女はゆっくりと規則正しい呼吸を繰り返しながら答えた。「心配しないで」

「きみをまた興奮させてしまった。これで二度目だ。本当にすまない」

アリッサは彼と目を合わせた。「そんなに自分を責めないで。そうよね、ここはあなたの家だもの。わかったわ。無理を言ってごめんなさい」

「来るなと言っているわけではない。ぼくなんかと同居したら、きみのためにならないと言っているんだ」

何か含みのある言い方だ。「つまり……本音ではここにいてほしいと思っているのかしら？」

「アリッサ……」どう答えればいいかわからないと言いたげな顔だった。

モーリスがアリッサに体をすり寄せて丸くなり、満足げに喉を鳴らした。

コナーは猫を抱きあげて床におろし、彼女の隣に座った。「ぼくはどうかしているんだろうな……」

「どういうこと？」アリッサは猫が尾をぴんと立て、気取った足取りで去っていくのを見ながら尋ねた。そして力なくため息をつき、隣に座った男性の肩に我知らず寄りかかった。

次の瞬間、息をのむほどすてきな奇跡が起きた。

コナーが彼女の肩に腕を回したのだ。

アリッサは彼のたくましい腕や体の感触にうっとりして身を預けた。コナーは以前と同じ香りがした。清潔感があって男らしい、石鹸《せっけん》とヒマラヤ杉の匂い。吸い込んだだけで気持ちが楽になった気がする。コナーとの距離の近さ、体から発する熱、肩にかかった腕の重み――そのすべてに、アリッサは心から満足した。

コナーが彼女の髪を撫でた。永遠に続けてほしいとアリッサは願った。「ぼくは人として正しいことをしたいだけだ」彼の声が心に深く響いた。

人として正しいこと……。

アリッサは彼の頼もしい体にさらに寄りかかり、もう一度抱きしめてほしいと無言で促した。

最後に抱きしめられてから何年も経っているのが、とても信じられない。こんなに長いあいだ遠く離れたまま、互いに連絡せずに我慢していられたなんて。彼が何をしたにせよ、どんな事実があったにせよ、真実はわたしの心が知っている。わたしたちには、こうして一緒に過ごす時間が必要だ。

最終的にはうまくいかなかったとしても、少なくともかつて二人で共有していたものを何もかも取り戻すことができたと実感できるはず。

コナーが体を屈《かが》め、彼の唇がアリッサの豊かな髪にふれた。彼の熱い吐息を肌に感じて、アリッサの身も心も、魂までもが歓喜に震えた。

そして奇跡の時間は終わってしまった。

コナーは彼女の肩に回した腕をはずし、わずかに離れた。

アリッサは顔を上げ、彼を見た。顔に警戒の色を浮かべたコナーの目をまっすぐに見つめ、ふたたびみずからの望みを告げた。「わたしを助けて、コナー。心にもない嘘を言ってほしいとは思わない。夫でもないのに、夫のふりをしてくれと頼んだりもしない。少しのあいだでいいから、わたしと一緒に過ごしてほしいだけ。恋人でも夫婦でもなく、今の二人の関係のままで」

コナーは軽く眉をひそめ、しばらく無言でアリッサを見つめた。きっと断られると思い、彼女は心の準備をした。できることはすべてやった。それでもだめなら彼の判断をいさぎよく受け入れるしかない。

だがそのとき、彼が言った。「きみの父親や兄弟に死ぬほどひどい目にあわされるかもな」

それって承諾してくれたということ？「ここであなたと一緒に過ごしてもいいの？」

「ああ。ただし、サンタンジェロ家の男たちを怒らせるのは避けたい。きみだって、そんなことでストレスを抱えるのは嫌だろう？」

「そこはわたしに任せて」

「今のきみには心身を癒やす時間が必要だ。家族と衝突を繰り返す必要はない。もちろん母親も含めて。彼女のお腹には赤ちゃんがいるからな」

「賭けてもいいけれど、母はわたしたちの味方よ。夫や息子たちを喜んで説得してくれるわ。もちろんわたしも頑張るけど。この街のどこに滞在しようと、わたしの自由。父たちに文句は言わせない」

「それはそうだが、彼らがきみの言うことを喜んで聞くとは思えない」

「コナー」

「なんだい？」

「家族がどう思うかは関係ない。わたしはあなたと一緒に過ごしたいの。さっきの言葉はイエスという意味よね？　この家に住んでもいいと、もう一度言ってちょうだい」

彼は探るような視線を向けた。「本気なのか？」

「誓ってもいいわ」

「わかった、それならいい。ぼくの家へようこそ、アリッサ。ゲストルームを提供しよう」

4

コナーの言葉を聞いたアリッサが、満面の笑みを浮かべた。

とても信じられない。これから三カ月のあいだ、彼女と一つ屋根の下で過ごせるのかと彼は思った。

夢みたいな話だが、夢ではない。これは現実だ。

そんなことくらい自分でもわかっているだろう？

アリッサが申し出て、それをぼくが承諾した。そして二人で実行する。主な目標は、互いに心の平穏を得ることだ。それを忘れてはいけない。

二人の関係をやり直そうとしているわけではない。実質的に今は赤の他人のようなものだから、そのことは常に念頭に置かなければ。アリッサは頭を打ったダメージから回復するために、ぼくとの同居生活を始めようとしている。事故で記憶を失ったりしていなければ、あえてここに来ようとは思わなかったはずだ。

「ありがとう、コナー。とても助かるわ。どれだけ感謝しても足りないくらいよ」アリッサが言った。

ああ、今すぐ彼女を抱き寄せて唇を奪いたい。

コナーはぎりぎりのところで自分を抑えた。

まいったな。このやり方は失敗だった。リスクが大きすぎる。ぼくにとっても、彼女にとっても。

やはり手を引くべきだ。それも今すぐに。

ところが口をついて出たのはこんな言葉だった。

「どういたしまして。じゃあ、部屋に案内しよう」

コナーは彼女を二階のゲストルームへ案内した。広々としたクイーンサイズのベッドがあり、専用のバスルームがついている。

「とてもきれいな部屋ね」彼女が言った。「大きな窓がいくつもあってすてき。小さなバルコニーまでついているわ」二人はベッドの足元に立った。今夜から彼女がここで眠るのだ。互いに顔を見合わせた。「なんだか変な感じ。そう思わない？」アリッサはブルーの目を見開いてまっすぐに彼を見つめた。

「そうだな」コナーはつぶやいた。「変な感じだ」

　突然、彼の脳裏に思い出が鮮やかによみがえった。幼い頃のアリッサが、髪をお下げにして小さな拳を腰に当て、真面目な顔で兄のダンテに文句を言っている。〝なんでお兄ちゃんもコナーも遊んでくれないの？　年上なんだから優しくしてあげなさいってママにも言われてるくせに、ずるい。お兄ちゃんもコナーも大嫌い！〟

　十三歳になった頃には、すでに丸みを帯びた女性らしい体つきになり、ぞくぞくするほど美しい少女になっていた。

　そしてあの日、オレゴン大学のキャンパスで、新入生だったアリッサと再会した。彼女が振り向いた瞬間、そのいたずらっぽい笑顔を見てコナーは目がくらみそうになった。

〝コナー！　まさかここで会えるなんて〟

　彼にはわかっていた。二人とも親元を離れ、同じ大学に通い、しかも監視役のダンテがいない絶好の状況で、ぼくたちが離れていられるはずがない。

　アリッサはいずれぼくのものになる。そしてぼくは彼女のものになる。当時のコナーはそう確信した。

　アリッサに話しかけられて、コナーははっと我に返った。「そろそろ失礼するわ。帰宅して母の様子を見ないといけないし、荷造りもしないと……」

　一階へおりると、コナーは彼女に家の鍵を渡して言った。「ぼくも一緒に行くよ」

　アリッサは艶やかな唇をへの字に曲げ、困惑した顔で彼を見た。「どうして？　必要な荷物はすべてレンタカーに積めるから大丈夫よ」

「お父さんが猛反対するだろうから」

「だから何？　父がなんと言おうと、自分のことは自分で決めるわ」

「いずれにせよ、きみの父親とはなんらかの形で折り合いをつけなければいけないと思っていたんだ。それならこのタイミングで話をしておいたほうがいい。何事も初めが肝心だ。事態を打開するために、できるだけのことをしておきたい」

「あなたがそこまでする必要はないわよ。我が家の男たちの説得はわたしに任せてほしいと、さっきも言ったでしょう？」アリッサは顎をぐいと上げ、胸を張った。

「そうもいかないよ。特にお父さんは絶対に納得しないはずだ。いずれにせよぼくを捜し出して、直《じか》に話をつけようとするさ。その程度のことも予想できないのかい？」

「わたしの頼みなら、父もだめとは言わないわ」

「そうだな。きみにはいい顔をしておいて、あとでぼくのところに乗り込んでくるだろうね」

「なんだかあなたを巻き込んでしまったみたいで、気がとがめそう」

「とか言って、どうせあきらめるつもりはないんだろう？」コナーは彼女をからかった。

　アリッサはむっとして唇をかみ、どう答えるべきかと考えたが、やがてぽつりと言った。「そうね、今さらあとには引けないし」

「とにかく、ぼくもきみと一緒に行く」コナーは心の中で勝利の笑みを浮かべた。「車はぼくのランドローバーを使おう。荷物をたくさん積めるから、必要なものはなんでも持ってこられるよ」

　コナーは彼女を促し、自宅から車庫へ続く階段をおりていった。モーリスが二人のあとをついてきた。

エンジンをかける前に車庫の扉を開けると、ドライブウェイの先の歩道にミセス・ガーバーが立っているのが見えた。モーリスが飼い主のほうへ駆けていく。ミセス・ガーバーは黒猫を抱きあげ、コナーとアリッサが乗ったランドローバーを見送りながら笑顔で手を振った。

サンタンジェロ家に着くと、アリッサは玄関ホールで立ち止まり、父を説得する役は自分にやらせてほしいとあらためてコナーに念を押した。

「好きにしていいよ」ぼくはぼくで、自分のすべきことをするだけだと心の中でつぶやいた。

キッチンからいい匂いがして、二人はそちらに向かった。エプロン姿の父がコンロの前に立ち、鍋に入ったトマトソースをかき混ぜていた。別の大鍋でパスタも茹《ゆ》でているようだ。

「ただいま、パパ」

愛娘の声にアーネストがほほえみながら振り向き――アリッサのすぐ後ろにいたコナーに気がついて顔をしかめた。「なぜきみがここにいる？」

コナーは事情を説明しようと口を開いた。

アリッサがすかさず割って入った。「わたしが連れてきたのよ、パパ。彼の家に泊めてもらえないか頼みに行ったら、あっさり承諾してくれて――」

「今なんて言った？」彼女の父は持っていた大きな木のスプーンを振りあげ、質問に答えようとした娘をさえぎった。「言わんでいい。ちゃんと聞こえている。おまえにその気はなくても、こっちは心臓が止まるところだった。頭がどうかしたのか？」

「わたしのどこが――」アリッサが言いかけた。

「やめてくれ」アーネストは木のスプーンを娘に向けた。「いったい何を考えている？　こんな――」

ふいにコンロからじゅわーっと大きな音がして、父と娘の会話は中断した。

アーネストの背後でパスタの大鍋が吹きこぼれていた。彼はあわてて振り向き、コンロの火を消すともう一度二人に向き直った。

「アリッサ」さっきよりも落ち着いた声だったが、優しさとともに怒りもまだ感じられた。「行ってはだめだ。こんな男と一緒に住むなんてありえない」

「そんなことないわ」彼女は父親に歩み寄り、日に焼けて荒れた頬にキスした。「もう決めたの。ここには身の回りのものを取りに戻っただけ」

「母さんの面倒を見るためにこの街へ戻ってきたんじゃないのか？」

「それもちゃんとする。だから安心して見ていて」

「おまえは事故のせいで自分を見失っているだけだ、アリッサ」

「違うわ。確かに大変な目にあったけれど、現実とそうでないものとの区別はきちんとついているし、自分が何をしているのかもわかっている」彼女は父親の顎に唇を軽く当てた。「ママの様子を見てくるわね。そのあと荷造りをして、彼の家に行くから」

アリッサは父親に背を向け、ドア口に立つコナーのほうに歩いてきた。彼女の父親は去っていく娘の背中を険しい表情で見つめていた。

彼女はコナーの横を通ってキッチンを出ていった。

あとに残ったコナーと元義父のあいだに重苦しい空気が漂った。アーネストは黙って振り返り、またパスタとソースの鍋に向き直った。

「アリッサの頼みを断れなかったんです」コナーは元義父の広い背中に向けて話しかけた。

アーネストは肩をすくめた。「少なくとも、きみはここに来て、それを正直に話すだけの勇気を持ち合わせているようだな」

どう返すべきかコナーは迷い、何も言わないでおこうと決めた。ここは聞き役に徹するべきだろう。

彼は黙って次の言葉を待った。

「夕食にパスタをつくった。きみも食べていけ」アーネストがぽつりと言った。「量はたっぷりある」

それから少ししてマルコが帰宅した。アーネストのときと似たような対決劇がまたもや起きた。しかしすでに父親がかつての義理の息子をしぶしぶながら認めているのを見て、マルコもしかたなく従った。

やがて母親のカトリオナもアリッサと一緒に来て、夕食の席に加わった。出産を間近に控えた高齢の妊婦にしてはずいぶん元気そうだとコナーは思った。カトリオナはアリッサが彼の家に来る話を聞いても顔色一つ変えなかった。食事中はずっと、コナーの家族の近況をあれこれと尋ねた。彼はいちばん上の兄、ダニエルが再婚して女の子が生まれたことや、ほかの兄や妹たちもここ一年で何人か結婚したことを話した。

その一方でアーネストとマルコは話にほとんど加わろうとせず、険しい表情を崩さなかった。

アリッサが歳《とし》を重ねたら、母親にそっくりになるだろうとコナーは思った。彼にとってカトリオナは第二の母親のような存在だ。突然の悲劇で両親を失ったブラボー家の子どもたちを案じて、彼女は心のこもった手料理の数々で彼らを元気づけ、どんなときも支援の手を惜しまなかった。

コナーは元義父のつくった絶品のパスタを味わいながらはっとした。ぼくが失ったのはアリッサだけではない。第二の母親のような存在だった義母。幼なじみで無二の親友だったダンテ。サンタンジェロ家のすべての人々が、ぼくにとってかけがえのない存在だった。ひょっとするとアリッサは今回の件でぼくと彼女の家族との関係も修復できると考えたのではないだろうか。

「どうかしたの？」帰りの車で物思いにふける彼に、アリッサが訊《き》いた。

「疲れただけだ」コナーは嘘《うそ》をついた。

自宅に着くとアリッサの荷物を運ぶのを手伝い、彼女におやすみと告げて自分の寝室へ戻った。なかなか眠れないのでノートパソコンを取り出し、メールをチェックして、仕事をいくつか片づけた。

翌朝は六時に起きてシャワーを浴び、着替えをすませた。このままオフィスへ向かい、朝食は途中にある行きつけのダイナーですませるつもりだった。家の中でアリッサと鉢合わせするのを無意識に避けようとしているのかもしれない。

やはりアリッサはこの家にいるべきではない。彼女のためにならないし、ぼくもつらい。二人の関係はすでに終わっている。今さら円満な解決を目指すなんて都合のいい話があるはずがない。

それなのに、彼女の願いに応じてしまった。

まあいい。過ぎたことを悔やんでもしかたがない。アリッサはすでにここに来た。ぼくたちは一つ屋根の下でこうして暮らしている。とにかく、彼女とのあいだに一線を引こう。その上で過去に折り合いをつけて心の平穏を得るのに必要なだけ、アリッサにここで過ごしてもらおう。彼女なりのやり方で、母親の世話をしながらこの家に滞在すればいい。

そしてぼくは以前の生活を続ける。それだけだ。

寝室のドアを開けたとき、コーヒーの香りが彼の鼻をくすぐった。それにスプーンがカップに当たる音も。アリッサがすでに起きている。彼女が本当にぼくの家にいる。そう考えただけで全身にふたたび衝撃が走り、自分でも嫌になるほど胸が高鳴った。

まずいな。

このままそっと家を出て車に乗ったほうがいい。しかし困ったことに、一階全体がオープンな造りになっている彼の家では、階段をおりたら最後、アリッサに気づかれずに車庫へ向かうことは不可能だった。

コナーはしばらく二階の踊り場をうろうろした。アリッサはこれから何週間も滞在するのだ。たかだか顔を合わせるくらいで、びくついてどうする？

ようやく決心して一階におりたとき、アリッサはリビングの窓際のテーブルでコーヒーを飲んでいた。長く豊かな黒髪がゆるやかなウェーブを描きながら肩から流れ落ちている。体にぴったりしたピンクのシャツに黒のカプリパンツを合わせた彼女の姿は、心の平穏を保つにはあまりにも魅力的すぎた。

アリッサがカップから顔を上げ、彼に言った。

「あなたのコーヒーメーカー、すごくいいわ」

コナーはフロアを横切って彼女のほうに行ったが、椅子には座らずテーブルのそばに立って、バッグのストラップを肩にかけたまま話しかけた。これならいつでも出発できる。「おはよう。ずいぶん早起きなんだな」

「五時に目が覚めたの。体がまだニューヨーク時間のままみたい」

「よく眠れたかい？」

「ええ、とっても。ありがとう。冷蔵庫を見たら、卵とあなたの大好きなサラミがあったわ。出かける前に何か食べていかない？　すぐ用意できるから」

コナーは首を振ってごまかした。「あいにくだが、急いでいてね」

アリッサは罪作りな唇の端を上げ、〝本当に？〟と言いたそうにほほえんだ。嘘だとばれたらしい。あなたのことならなんでもお見通しだと彼女の顔に書かれていた。「今日は母のところに行った帰りに〈セーフウェイ〉に寄って食材を買ってくるわね。よければ夕食の支度もしておくけど、どう？」

夕食？　しまった、すっかり忘れていた。彼の頭にガールフレンドのマーゴの顔がぱっと浮かんだ。

彼女は眉間にしわを寄せた。「よくない知らせがあるみたいね。いったい何？」

「その……申し出はうれしいが、今夜は無理だ」

アリッサは黙って彼を見つめた。

「デートの約束があって」コナーは白状した。

アリッサはコーヒーカップを置き、彼の顔を見た。二人の目が合い、そのまま何秒か見つめ合ったあと、ようやく彼女が口を開いた。「特別な女性はいないと言っていたのに」

嘘をついたわけではない。彼の心にはずっとアリッサがいて、つい今しがたまでマーゴのことはすっかり忘れていた。しかしこの状況で何を語っても、ばかげた言い訳にしか聞こえないだろう。「マーゴとは先日、初めて一緒に食事をしただけだ。ダンテがここに来たのは水曜の朝で、彼女とはその前から今夜のデートを約束していた」

アリッサは小さなため息をついた。「なるほど。つまり昨日はそのことを言い出せなかったのね？」

「というか、さっきまですっかり忘れていたんだ」

「デートの約束を忘れていたの？」彼女は冷ややかな視線をコナーに向けた。

「だからそう言っただろう？」

アリッサがため息をついた。

「わたしがここにいると迷惑かしら？」

「まさか。決してそんなことはない」しどろもどろになりながらコナーは答えた。「ただその、えっと、今夜は帰りが遅くなるかもしれない。それだけだ」

「そう。ならいいわ」彼女はかすかにほほえんだ。「わたしも適当に食事をすませるから」

「助かるよ」彼は踵《きびす》を返して出かけようとした。

「コナー？」

テーブルから数歩離れたところで呼び止められ、振り向いた。「なんだい？」

「まだお互いの連絡先を交換していなかったわね。しておいたほうがいいんじゃない？」彼女はポケットから携帯電話を取り出した。

「そうだな」コナーは自分の番号を伝えた。

アリッサは番号を入力して、〝ショートメール送信〟を押した。コナーの携帯電話の着信音が鳴った。画面を見るとこう書かれていた。〝相手によろしく伝えて。あなたの元妻より〟

「しゃれが利いているな」コナーは苦笑いして振り向き、家を出た。

「デート？」母は必要以上に勢いをつけてイチゴのスムージーをテーブルに戻した。グラスの底が当たった瞬間、だん、と大きな音がしたのをアリッサは確かに聞いた。「ほかの女性とデートですって？　しかも今夜？」

二人はサンタンジェロ家のキッチンにいた。母は椅子に脚をのせて休み、アリッサは母の向かい側でダイニングテーブルに山積みされた洗濯物を次から次へとたたんでいた。「ええ。今朝、家を出るときにそう言ってたわ」

「困った人ね」母はそう言って宙をじっとにらんだ。「ようやく意地を張るのをやめて戻ってきてくれそうだと期待したのに」

アリッサは父のシャツを手に取り、腹立ち紛れに思い切り振った。「コナーはママのお気に入りじゃなかったの？　てっきり彼の味方をすると思った」

母は鼻をふんと鳴らして、大きなお腹《なか》を撫《な》でた。

「それを言うなら、わたしは常にあなたの味方よ、アリッサ。彼はあなたにふさわしい男性だと思っているし、そのうちに少しは大人になって、あなたの本当の価値に気づくはずだわ。でも今からこれじゃ、先が思いやられるわね。そう思わない？」

アリッサは父のシャツをたたみ終え、次の洗濯物に取りかかった。「さあ……」

「ねえ、アリッサ」母が両手を差しのべ、アリッサもテーブル越しに腕を伸ばして母の手を取った。母は娘を励ますように指をぎゅっと握った。「本当にどう言えばいいのかわからない。とにかくがっかりだわ」

アリッサは手近な椅子を引き、どさりと腰をおろした。「今から彼の家に行って、荷物をまとめて戻ってこようかと、つい思ってしまいそう」

母はスムージーを飲みかけた手を途中で止めた。そしてグラスをテーブルに戻したが、今度はさほど大きな音はしなかった。「せっかちになってはだめよ、アリッサ」

「ママ、彼は今夜、別の女性と一緒に過ごすのよ。考えただけですごく嫌な気分になるわ。でも文句を言う権利が自分にはないのもわかっているの」

「あら、そんなことはないわ。いつでも堂々と言っていいの。彼はあなた以外の女性を求めていないんだから。本当よ」

「やめてよ」アリッサは顔をしかめた。「コナーが本当に求めている女性が誰か、ママにわかるはずがないでしょう」

「ほかの女性と会うのはやめてと彼に言ってみた？　もしくは相手に連絡して、今日は都合が悪くなったと伝えてほしい、とか」

「いいえ。でもショートメールを送ってやったわ。〝相手によろしく伝えて。あなたの元妻より〟と」

「やるじゃない。けれど、もっとぴしゃりと言ったほうがよかったかもね。男ってとても――」

「〝単純だから〟でしょう？　わかっているわよ」

アリッサは洗濯物の山を押しやってテーブルに肘をのせ、両手で頬杖をついた。「でも、わたしには無理。そんなやり方がいいとは思えない」

母は困惑したようだった。「コナーはその女性に本気で恋していると思う？」

「今朝まですっかり忘れていたと言っていたけど」

母の顔がぱっと明るくなった。「ほら、やっぱり。

あなたのことしか頭になかったせいよ。きっと」

「やめてったら。なんだか興奮でぞくぞくしてきた。どうやったら彼の考えをそこまで予想できるの？」

「コナーは優しいから、それほど好きな相手でなくても、とにかくまずはちゃんとディナーに誘おうと考えたのよ。あの子はそういう子だから」

　アリッサは体を起こして靴下の片方をつかみ、洗濯物の山に埋もれたもう片方を捜した。「やっぱり嫌なものは嫌。現実にこんなことが起きると、何もかも悪いほうに考えてしまうわ」

　コナーのオフィスはコロンビア川の河口に面したワーレントン波止場《ドック》の一角にあった。〈バレンタイン木材《ロギング》〉は同族会社だ。十六年前に彼の両親がタイで亡くなったとき、会社は倒産寸前に追い込まれた。しかし母方の大叔父、パーシーが支援を申し出た。当時すでに六十代だった彼は、わずか十八歳で両親から事業を引き継いだダニエルを後押しした。

　九年前、コナーが経営に参加したときには業績もかなり安定していた。それから数年後、経営状態はほぼ回復した。それ以降も、兄弟は力を合わせて事業を拡大し、利益を三倍にまで伸ばした。

　兄のダニエルは少なくとも週に一度、弟のオフィスを訪れ、万事スケジュールどおりに進んでいるか、不測の事態などは起きていないか確認していた。

　夕方の五時を少し回った頃、兄とコナーはその週の業務の振り返りを終えた。

「特に問題はなさそうだ」兄が言った。「どのプロジェクトもスケジュールどおりに進んでいる」

「そうだな、万事順調だ」コナーも同意した。

　マーゴとの待ち合わせは六時半。アストリアの街からすぐのお気に入りのステーキハウスに、七時に予約を入れてある。マーゴのことは嫌いではない。頭もよく、話していて楽しい女性だ。ただし真剣な交際を目指すつもりは双方ともまったくなかった。結婚に失敗してからコナーはずっとそうしてきたし、そのほうが気楽でいいと思っていた。

ところが今日に限っては、マーゴに連絡を取り、デートをキャンセルしてもらおうかと真剣に悩んでいた。実際に電話をかけようとした回数も一度や二度ではない。

アリッサが待つ家に一刻も早く戻りたい。彼女が用意した手料理を食べ、あの美しいブルーの瞳を見つめ、今日一日何をしていたのか、母親の具合はどうだったかを尋ねたい。それにぼくがいないあいだに彼女がまた頭痛に襲われたりしたら……。

向かい側にいた兄がノートパソコンを閉じ、デスク越しに話しかけてきた。「どうかしたのか？」

隠してもすぐにばれるだろうから、そうなる前にさっさと打ち明けたほうがましだとコナーは思った。

「アリッサがニューヨークから戻ってきた。しばらくこっちに滞在するそうだ。母親が妊娠していて、その世話をするためらしい」

ダニエルはしばらく無言だったが、やがて尋ねた。

「おまえ……彼女に会ったのか？　会って話をしたんだな？　つまりそういうことだろう？」

「それだけじゃない。もっとある」

「どういうことだ？　隠さずにちゃんと話せ」

コナーは首の関節を鳴らし、髪を両手でかきあげ、それから兄にすべてを打ち明けた。車の事故。嘘のような話だがアリッサが記憶の一部を失ったこと。街にいるあいだ彼の家に滞在させてほしいと頼まれた件。「それで昨夜、彼女がぼくの家に引っ越してきたんだ」

「驚いたな」ダニエルが言った。

「まずいことに、今夜は別の女性とデートの約束をしていたのを、今朝になって思い出した」

普段の兄はめったに声を荒らげないのに、珍しく汚い言葉を口にした。

コナーは頭を抱えた。「はっきり言って、行く気になれない。だが土壇場で断りの連絡を入れるのも、なんだか間抜けな話だと思ってね」

「アリッサとよりを戻したいのか？」

「手遅れだと自分にずっと言い聞かせてきた」

「今夜別の女性と出かけたりしたら、本当にそうなるぞ」兄はデスクの端に置いてあったコナーの携帯電話を取り、弟に差し出した。「さっさとデートの相手に電話して、キャンセルしてもらえ」

コナーは携帯電話を取った。

マーゴは最初の呼び出し音で電話に出た。コナーは事情があってデートをキャンセルしたいと伝え、何があったのかを正直に打ち明けた。

「ええっ？」マーゴが驚いた声で言った。「あなた、別れた奥さんとやり直すつもりなの？」

「実際、ぼくも何がどうなっているのかわからない。だがここ数日で事情がすっかり変わってしまった。すまない。もっと早く連絡を入れるべきだった」

「そうね」マーゴはぶっきらぼうに答えた。

「本当に申し訳ない」

「さよなら、コナー」彼女の冷ややかな声が聞こえ、電話が切れた。

そのあと予約した店にも電話でキャンセルを伝え、コナーは携帯電話をポケットに突っ込んだ。

これまで以上に自分が情けなくなったが、同時にほっとした気分だった。これでアリッサの待つ家に帰ることができる。もしかしたら、今ならまだ快く手料理をふるまってくれるのでは。食事をしながら彼女と話もできるだろう。

だが帰宅してみるとすでにアリッサの姿はなく、彼が渡した自宅の鍵だけがキッチンのカウンターに残されていた。鍵の下に走り書きのメモがあった。

〝やっぱり実家に戻るわ。心配しないでね〟

5

夕食の席はひっそりとして、会話は乏しかった。テーブルにいたのはアリッサと両親のみ。母の愛犬タッカーがおこぼれを期待してテーブルの下で待機中だ。マルコは友人たちと外で食べてくるらしい。

誰もコナーの名前を口にしなかったが、母だけは事情を知っている。父に話したのかどうかはわからない。娘が元夫と同居するために出ていき、一日も経《た》たずに戻ってきたことを案じた両親がどんな会話を交わしたのか、アリッサは知らなかったし、知りたいとも思わなかった。

母がベッドルームに戻り、アリッサがキッチンで後片づけをしていたとき、玄関のベルが鳴った。彼女は最後の皿を食器洗い機に入れて蓋を閉めると、スポンジでカウンターの汚れを拭いた。

父がドア口に来て言った。「コナーが来た。鼻先で扉をぴしゃりと閉めてやろうかと思ったが、それはあらかじめ母さんに止められていたから、黙って静かに扉を閉めてやった。どうして母さんはあいつが来ることがわかったんだろうな?」

コナーが来たのね。アリッサの心臓が激しく打ち、頬が熱くなった。まだ七時にもなっていないのに。デートをキャンセルしたに違いない。

「娘はおまえに二度と会いたくないそうだと言ってほしいのなら、父さんは喜んで――」

「パパ」

「なんだ?」

アリッサは父に歩み寄って頬にキスすると、持っていたスポンジを渡した。「大好きよ。だけどわたしたちのことは放っておいて」彼女は胸を張り、顎をぐいと上げて玄関に向かった。

玄関の扉は上部がエッチングガラスになっていて、そこにコナーの顔がぼんやりと映っていた。アリッサはほんの一瞬彼と見つめ合い、扉を大きく開けた。

コナーは大きな花束を持っていた。色とりどりの美しいダリアの花を見て、アリッサは息をのんだ。

彼女は戸口から一歩踏み出した。「なんの用なの、コナー？」玄関の外に出て扉を閉めた。これなら父に話を聞かれずにすむだろう。

「デートはキャンセルした」コナーが真顔で言った。「二度と彼女には会わない。そのほかの女性にも、きみ以外のどんな女性にも。ぼくたちが将来どうなるかはわからない。ひょっとしたら自分では想像がついているのに、考えたくないだけかもしれない。たった一つわかっているのは、ぼくと一緒に今すぐ家に帰ってきてほしいということだけだ」

家に帰ってきてほしい……。

アリッサは目を閉じた。結婚してすぐの頃、彼と住んでいた家が脳裏に浮かんだ。当時はまだ学生で、学期中はほとんど離れ離れだった。だが夏休みは二人のものだった。ずっと一緒に家で過ごした。

今夜のような夏の夕べには玄関先の小さなポーチに座り、辺りに夕闇が迫るのを眺めていた。ポーチへ続く階段の両側に、さまざまな種類のダリアが咲き乱れていた。可憐《かれん》なアネモネ咲きのダリア。優雅な睡蓮咲きのダリア。丸いポンポン咲きのダリア。

「アリッサ」彼がつぶやくように言った。「本当にすまなかった。デートの約束をしたときは、ほんの数日後にきみがぼくの人生に戻ってくると思ってもいなかったんだ。そのことを今朝まで忘れていたのは、きみのことで頭がいっぱいだったからだよ」

アリッサは目を開け、コナーの手から花束を受け取った。「ありがとう。とてもきれいだわ」

「きみのお母さんも気に入ってくれるかな？」

「ええ、きっと。お気に入りの花瓶に活《い》けて部屋に置いてあげたら、とても喜ぶでしょうね」

「そうしたら、きみも戻ってきてくれるかい？」

アリッサは急に不思議な気分になった。体がぶるっと震えるような気恥ずかしさを感じた。コナーの質問に答える代わりに、別のことを訊《き》いた。「ダリアが咲くには時期が少し早かったんじゃない？」

「今年は暖かかったから」見覚えのあるほほえみが彼の顔に浮かんだ。二人だけのときにしか見せない、アリッサだけが知っている秘密のほほえみが。

ニューヨークで過ごした七年のあいだ、わたしはこの笑顔をどれほど恋しく思ったのかしら……。

「アリッサ？」コナーは彼女の腕に手を置いた。

コナーの手。大きくて頼もしくて、いつもすぐに彼のだとわかる。すらりと引きしまった指。彫刻のように整った形をした手首……。

視線はしだいに上へ向かい、最後に美しいブルーグレーの瞳をのぞき込んだ瞬間、目と目が合った。

「一緒にぼくの家に帰ろう、アリッサ」

わたしは今でも彼を求めている。こんなに激しく。たぶん激しすぎるくらいに。本当はこのまま実家に残って母の世話をするべきなのに。

いいえ、そんなことはどうでもいいわ。わたしの心はすでに決まっている。答えは一つしかない。

「わかったわ、コナー。中に入って」

中に入るとアリッサの父親が敵意をあらわにしてコナーをにらんだ。だが彼はそれ以上のことはせず、暖炉の上にある大画面のテレビに視線を戻した。

コナーはキッチンに向かうアリッサの後ろをついていった。

彼はコーヒーを勧められたが断り、椅子に座った。アリッサは棚のいちばん上から大きな花瓶を出して、もらった花束を活けた。

「すぐに戻るわ」彼女は花瓶を持ってキッチンから出ていった。コナーはその場に残ったが、奇妙な気分だった。どうも落ち着かない。かつては我が家のように慣れ親しんでいた場所なのに。昔はダンテと二人でこの家の中を好き勝手に歩き回り、キッチンでアリッサの母親がつくったホットドッグやカップケーキを頬張っていたものだ。

　気がつくとアリッサが戻り、ドア口に立っていた。

「母が花をとても喜んでいたわ。あなたによろしく伝えてほしいって」

「ほかにも何か？」

「娘のことをよろしくね、とかなんとか」

　コナーはうなずいた。「いかにも彼女らしいな」

「母に会ってみる？」

「そうだね。体調さえよければ」

「じゃあ、来て」

　彼はアリッサについて階段を上った。

　母親の部屋の前まで来ると、彼女はドアをノックした。「ママ？　コナーが挨拶したいって」

「どうぞ」

　アリッサはドアを開け、彼だけを部屋に入れた。

　ベッドに起きあがったアリッサの母親を見たとき、昨夜ディナーの席で会ったときに比べると、ずっと妊婦らしい印象を受けた。「こんばんは、コナー。とてもきれいなお花をありがとう」

「喜んでいただけてよかった。体調はどうです？」

　カトリオナがゆったりとほほえんだ。「ずいぶんよくなったのよ。気にかけてくれていたのね」

　どう答えればいいのだろう？

　ふさわしい言葉を思いつく前に、彼女が温かな声で言った。「もう休むわ。じゃあね、コナー」

「おやすみなさい」彼は会話を終えて部屋を出た。

　アリッサの部屋に行くと、彼女はスーツケースに荷物を詰め直している最中だった。

二人で一階へおり、アリッサは不満そうな顔をした父親に行ってきますのキスをして、家を出た。

自宅へ戻るとコナーは彼女の荷物をゲストルームにもう一度すべて運び込み、アリッサがくつろいで過ごせるように部屋を整えた。

それが終わるとキッチンでサンドイッチをつくり、シンクの前に立ったまま食べ、水をがぶがぶ飲み、スコッチの瓶を開けて氷を入れたグラスに注《つ》いだ。

キッチンの窓辺に立ってスコッチをちびちびと飲んでいるうちに、グラスの中身は氷だけになった。アリッサは二階からおりてこない。家の中はしんと静まり返っている。これではふたたび一人に戻ったのとたいして変わらない。

彼女の様子を見に行こうと思った。

階段を上って二階に行くと、ゲストルームのドアは開け放たれていた。アリッサは仰向けになって手足を伸ばし、ベッドに横たわっていた。服は着たままで靴だけ脱いだらしい。コナーはドア口に立ち、豊かな黒髪を枕の上に広げて眠る彼女のバストが規則正しいリズムで上下するさまをうっとりと眺めた。

問題はなさそうだな。表情も落ち着いているし、穏やかな寝顔だ。ドアを閉めて彼女を休ませよう。

その前に靴を脱いで、ドアのそばに置いた。日没までには少し時間があり、窓の外はほのかに明るい。アリッサはベッドサイドの照明だけをつけていた。コナーは忍び足でベッドに近づき、明かりを消した。

アリッサはかすかに体を動かしたが、目を覚ますことはなかった。コナーはベッドの端に膝をついた。するとアリッサが眠ったまま反対側へ寝返りを打ち、ちょうど彼が横になれるくらいの空きができた。

図々《ずうずう》しいにもほどがあるかもしれないが、こんな機会を逃す手はない。コナーは彼女の隣に寝転んで、アリッサの体を抱きかかえた。嫌がられたら即座に離れてひたすらあやまるだけだ。

なんていい香りだろう。日だまりとジンジャーの匂いがする。彼女を抱き寄せて、黒髪に顔を埋《うず》めた。

アリッサの全身が彼の体にすっぽりと収まった。女性らしい丸みを帯びたヒップが、余すところなく下腹部に密着する。まさに天国にいるような気分を味わうと同時に、痛みに似た欲望が全身に広がった。

コナーは彼女の体をさらに引き寄せた。

アリッサがぼくの腕の中にいる。この幸福感は何ものにも代え難い。

アリッサが彼の手を取り、柔らかな胸の谷間へと導いた――起きていたのか？ 彼女の小さな笑い声が聞こえた。「今夜はここまでよ。不謹慎な考えは今すぐ頭から消しなさい」

コナーは彼女の黒髪に鼻をすり寄せて首筋に唇を当てた。「もう少しこうしていてもいいかな？」

返事はない。ベッドから追い出されるに違いないと覚悟した。だが、やがてアリッサがため息をつき、ぽつりと言った。「いいわ。そのままでいても」

アリッサは真夜中に目が覚めた。隣にいたはずのコナーはすでにいなかった。

起きあがってしわくちゃになった服を脱ぎ、顔を洗おうとバスルームへ行った。戻ってから寝間着の代わりにゆったりしたシャツを羽織った。彼女は口元に笑みを浮かべ、ベッドに入った。

わたし以外の女性とは二度と会わない。コナーは確かにそう宣言していた。

少しだけ状況がよくなったのかも。

結局はコナーと別れるかもしれない。ある朝、目を覚ましたら記憶がすべて戻っているかもしれない。この七年間にあった出来事を何もかも思い出して、周囲の人の話がすべて事実だったとわかるのでは。そうしたらまた、ニューヨークの華やかな暮らしに戻りたくなってしまうだろう。

でも今だけは、かつての夫が一緒にいてもいいと言ってくれる限りここにいたい。なりふりかまわず努力して彼との距離を縮め、この想《おも》いを伝えたい。

翌朝、アリッサは食欲をそそられる香りで目を覚ました。一階におりるとコナーにコーヒーを差し出された。さらにテーブルの椅子を引いて勧められ、アリッサは腰をおろした。

彼はわたしにこの家にいてほしいと願っている。ここにいるのがとても自然なことに思えるわ。

夜は二人で夕食をつくった。アリッサはサラダにドレッシングをあえ、サフランライスをつくった。そのあいだにコナーがチキンを焼いた。アリッサは彼と一緒にいるだけで楽しかった。

それなのに何か満たされないものがあった。

コナーはどこかよそよそしかった。料理中も少し体がふれただけですぐ離れた。ディナーを終えると、後片づけをしてすぐに書斎にこもってしまった。

その夜アリッサは〈ストラテジック・イメージ〉社の夢を見た。彼女のオフィスだ。スタイリッシュなガラスのデスクの背後に、あたかもアリッサの功績と仕事への情熱を証明するかのように、これまで彼女が手掛けてきたポスターや印刷物の数々が額に収められ、ずらりと飾られていた。翌朝、起き抜けに軽い頭痛に襲われた。

目覚めたあとも夢の内容は頭にずっと残っていた。

担当医のドクター・ワーバリーは、少しずつ記憶が戻ってくるはずだと言っていた。巨大なパズルのピースを一つ一つ根気よく集めるような気分だとアリッサは思った。

日曜日、実家のキッチンでツナサラダをつくっていると、携帯電話のメール着信音が鳴った。

コナーからだった。〝今夜はダニエルの家で夕食をとる。取り急ぎそれだけ伝えたかった。きみも家族と食べてくるといい〟

アリッサは眉をひそめた。お兄さんの家で夕食をとるのなら、今朝か、でなければ昨日からわかっていたはずよ。わたしは招待されなかったということかしら？

アリッサは返信を送った。〝ほかに誰が来るの？ わたしも行きたかったわ〟

コナーからの返事はなかなか来なかった。彼女は携帯電話を見ながらくすっと笑った。ようやく届いた返事によれば、日曜の夜に兄弟姉妹がダニエルの家に集まり、ディナーをともにするのは一種の恒例行事のようなものなのだそうだ。誰と誰が来て全部で何人集まるのか、コナーも知らないらしい。

たしか彼にはもともと八人の兄弟がいたはずだ。男兄弟が四人と妹が四人。弟の一人は八歳のときに行方不明になり、いまだに見つかっていない。残り七人の兄弟と妹のうち、何人かは結婚したと聞いた。長兄のダニエルは三人の子持ちだと言っていたから、賑《にぎ》やかなディナーになるだろう。コナーの家族にもぜひ会いたいとアリッサは思った。

〝わたしも連れていって〟彼女はメールを送った。

すぐに電話がかかってきたので、アリッサは携帯電話を耳に当てた。「コナー？」

「本当に行きたいのかい？」コナーの不安そうな、それでいて期待を抱くような声が聞こえた。

「ええ、本気よ。わたしも参加したいわ。あなたの家で落ち合いましょう。何時にする？」

「五時でどうかな？」

「了解。それまでに戻るわ」

ブラボー家の兄弟姉妹は、アリッサの顔を見ても意外そうな顔をしなかった。コナーがあらかじめ事情を伝えておいたのだろう。彼女は笑顔で迎えられ、兄弟姉妹のそれぞれとハグを交わした。コナーと離婚したことを責める人は一人もいなかった。

この七年のあいだに多くのことがあったと知り、アリッサは驚いた。ダニエルの最初の妻は三年前に双子を産んだあと、病気で亡くなっていた。双子のフラニーとジェイクは愛らしくて元気いっぱいで、のべつ幕なしにしゃべっていた。愛犬のメイジーが、投げたボールをくわえて戻るたびにきゃっきゃっとはしゃいでいる。

ダニエルは死別した妻の従姉妹と一年前に再婚し、彼女は六カ月前にマリーという女の子を出産した。コナーの兄と妹もそれぞれ妻と夫を連れてきていた。

ダイニングルームの長いテーブルはブラボー家の人々で埋め尽くされた。持ち寄り形式のパーティで、参加者は全員思い思いの料理を持参している。アリッサはちょうど今日、実家でチョコチップクッキーを焼いたので、それを二ダースほど持っていった。食後にコーヒーが出され、パイナップルのアップサイドダウンケーキもふるまわれた。ケーキもアリッサのクッキーも、みんながコーヒーのお代わりを頼む前にきれいに食べ尽くされた。

アリッサとコナーがダニエルの家を出たときには夜の九時を過ぎていた。二人はコナーのランドローバーに乗り込んだ。

「疲れたかい？」帰りの車中で、運転席のコナーが彼女に訊いた。

「少しね」あの事故を起こしてから、アリッサは疲れやすくなっていた。とはいえ以前に比べて、体力は日に日に回復しているように感じられた。

家に戻ると、黒猫のモーリスが車庫の中にいた。どうやって入ったのかは不明だが、車庫から家に入る階段の手前でコナーたちをずっと待っていたらしい。

「隣に返してくる」コナーがそうつぶやいて黒猫を抱きあげ、階段を上って家に入るとそのまま玄関へ向かった。「きみは部屋に戻って」外へ出る前にアリッサに言った。「少し体を休めたほうがいい」

五分後、コナーが戻ってきたとき、彼女はリビングのソファに座って彼を待っていた。

「もう休んでいると思ったよ」コナーは玄関の鍵をかけながら肩越しに振り向いて言った。

彼女はミュールを脱ぎ、ソファの上で脚を組んだ。

「それほど疲れていなかったから」

コナーがキッチンに向かい、スコッチとグラスを取り出すのをアリッサは見ていた。

一人で飲ませるのも悪いし、つき合ってあげてもおかしくはないわよね？「ウォッカはある？」

彼は肩越しに振り返り、アリッサをちらりと見た。

「医者に止められていないのか？」

「いいんじゃない？　たまに飲むくらいなら」

「トニックウォーター割りかクランベリージュース割りか、どっちにする？」

「トニックで」

コナーはグラスに飲み物を注ぎ、リビングへ戻ってきた。「ほら、きみの分だよ」

アリッサはグラスを受け取り、自分の隣にあったクッションをぽんとたたいた。「ここに座れば？」

彼はためらいながらアリッサを見下ろした。だが最後には彼女の提案を受け入れ、隣にしぶしぶ腰をおろした。アリッサは心の中でくすりと笑い、グラスの中身を一口飲んだ。

「今夜はあなたの家族と再会できて楽しかったわ」

「きみはみんなのお気に入りだからね」

「わたしもよ。みんな大好き」彼女はウォッカのトニック割りをもう一口飲んだ。「わたしたちが一緒に来たのを見ても、誰も驚かなかったわね」

コナーのグラスには大きな氷が入っていた。彼がグラスを傾けるたびに、中の氷が音をたてる。「あらかじめダニエルにこれまでの経緯をだいたい説明しておいたから。きみが事故にあい、記憶の一部を失ったこと。母親とお腹《なか》の赤ん坊のこと。そして今は実家を出てぼくの家にいることも」

「それを彼が弟や妹に伝えて共有してくれたの？」

「そうだ」

アリッサがグラスをサイドテーブルに置き、彼に手を差し出した。「あなたのグラスもちょうだい」

コナーは眉をひそめた。「どうして？」

アリッサは何も言わずに彼の手からグラスを取り、自分のグラスの横に置いた。

それから身を乗り出してコナーに顔を近づけた。彼のコロンが鼻をくすぐる。肌から発散される熱にアリッサの欲望がうずく。

「金曜の夜、あなたはゲストルームに来て、眠っているわたしを抱きしめたわ。二人で一緒にベッドで過ごした――せいぜい数時間だったにせよ」二人の唇は数センチしか離れていなかった。スコッチの香りが混じった彼の息に優しく愛撫《あいぶ》されている気分だ。

「でも、あれからずっとあなたがためらっているのを確かに感じるの。なんだかわたしと距離を置こうとしているみたい」

ややあってからコナーが答えた。「一時の感情に流されてしまうのはよくない」慎重で抑制された声だった。その一方で彼の目は別のことを語っていた。炎のような情熱が目に宿っている。

その矛先はアリッサに向かっている。常にずっと。それはお互いに以前からわかっていたはずだ。

「違うわ」彼女は首を振り、我知らずほほえんだ。「むしろそれが正しいのよ。こうしてあなたの家に戻る決心ができて本当によかったと思っているの。今は事故で頭を打ったことに感謝したいくらい」

「冗談でもそんなことを言うな、アリッサ」彼の声はうっとりするほど低く、荒々しい熱が感じられた。

彼女は思わず顔を近づけた。唇と唇がふれ合った。

ほんのかすかに、互いをいたわるように。

「コナー……」重ねた唇からもれた喜びのため息が、彼の口を満たした。

彼はそれを瞬時にのみ込んだ。「アリッサ……」

そしてついにコナーは動いた。切なげな低いうなり声とともにアリッサに手を伸ばした。力強い腕を回し、抱き寄せながら唇をむさぼった。

アリッサは体の芯が熱くなり、背筋に震えが走るのを感じた。何にも増して求めていたのは、まさにこれだったのだ。

何年ぶりかしら――失った記憶はいまだに戻らないけれど確かに感じるわ。今のわたしに欠けていたのはコナーだと。別々の道を歩んでいるあいだずっと胸にあった虚《むな》しさの理由がここにあるのだと。

わたしは彼にもう一度会いたかった。会いたいのに会えなくて、深い孤独を抱えて苦しんだ。離れていたあいだ、わたしのすべてが彼を求めていた。

ようやく今、彼の腕の中に戻ってこられたのだ。

コナーはうなり声をあげ、また彼女の唇を激しくむさぼった。アリッサは魔法にかかったように夢中で抱きついた。

彼のたくましい肩に指を這《は》わせ、首筋を撫《な》でて短く刈りそろえられたうなじの感触を楽しんだ。コナーの熱い舌に口の中をもてあそばれながら、もっと深く、もっと激しくと心の中で訴えつづけた。

キスはさらに深まり、愛撫もしだいに大胆になっていった。コナーは彼女を抱きかかえるとヒップを滑らかに撫であげ、ウエストに手のひらを伝わせ、豊かなバストを片方の手で覆った。

アリッサは夢見心地でうめき声をあげ、その先を促した。シャツの上から胸の頂を刺激され、硬くなった先端をつままれた瞬間、痛みとともに例えようのない快感が彼女を襲った。

これよ。これがほしかったのよ。コナーに抱きしめられ、キスされたいとずっと願っていた。彼だけが知っているやり方で全身の至るところを愛撫されたくて、たまらなかった。

コナーのキスは最高だ。いつだってそうだった。初めてのキスのときも。もう十年以上も前だけど、今でも忘れられない。禁じられたキスだった。あの頃のコナーにとって、何よりも大切なのは親友のダンテだった。兄と彼とのあいだには、親友の妹には絶対に手を出さないという暗黙の了解があった。

コナーはその誓いを破って、わたしにキスした。ほんの一瞬の、奇跡みたいなひとときだった……。

当時、アリッサは十三歳、コナーは十五歳だった。バレンタイン・ベイの街には夏が訪れていた。

汗ばむような空気の中に、心地よい微風《そよかぜ》が吹いていた。まるで南カリフォルニアの陽気がオレゴンの沿岸までやってきたかのような日だった。

ダンテがコナーや友人たちと連れ立ってバレンタイン・ビーチへ出かけると言うので、アリッサも一緒に行きたいと兄にねだったが、いつもと同じく相手にされなかった。

しかし彼女は兄たちがどこに行くのか知っていたから自転車であとから追いかけた。ビーチにいた五人の少年を見つけるのに、たいして時間はかからなかった。

日差しが強くなっていた。アリッサは兄たちから少し離れた場所でビーチタオルを砂浜に広げ、赤いビキニ姿になって日焼け止めを体に塗り、寝転んだ。目を閉じていたのはほんの一分ほどだったはずだ。

ふたたび目を開けたとき、コナーがほんの数メートル先にいた。全身くまなく日焼けした肌と、風になびく金色の髪。兄とその友人たちの姿はない。

「そのままだと黒焦げになるぞ？」からかうようにコナーが言った。

アリッサは起きあがり、日焼け止めのチューブを彼に差し出した。「背中に塗ってくれる？」

コナーがごくりとつばをのんだ。いつもは冷静なブルーグレーの目に動揺の色が浮かぶ。アリッサは彼をまじまじと見た。コナーはすばやく唇をなめた。

それまでの鬱憤がいっきに晴れた気がした。コナーはわたしが好きなのね。普段は興味がないふりをしようと躍起になっているけれど、今日初めて彼の本心がわかった気がするわ。

アリッサは落ち着き払った態度で後ろを向き、背中にかかった豊かな黒髪を片方の手でさらりと払った。そして反対の手に日焼け止めのチューブを持ち、肩越しに振り向いて言った。「ほら、早く」

わたしの魅力に抗《あらが》えるはずがないわ。絶対に。

コナーが砂浜を歩いてきて、彼女の手前で両膝をついた。アリッサは胸をどきどきさせながら勝利を確信した。コナーは彼女の手から日焼け止めを受け取った。アリッサは前を向き、彼の熱い指の感触を背中に覚えながら、呼吸を乱さないことだけに意識を集中させた。

日焼け止めを塗り終えるまで、さほど時間はかからなかったはずだ。それでもアリッサの肌は電流が走ったような刺激を受けつづけ、全身が燃えあがりそうなくらいに熱くなっていた。

とうとう我慢ができなくなり、彼女は振り返ってコナーの目をまっすぐに見つめた。

「アリッサ」熱に浮かされたように彼が言った。

「コナー」彼女も同じくらい切ない声で訴えた。

そして魔法をかけられたようにコナーが顔を寄せ、唇と唇が重なった。

二人は同時に息をのんだ。

一瞬で魔法が解け、彼はさっと体を引いた。

アリッサは呆然《ぼうぜん》と彼を見つめた。コナーの日焼けした頬がみるみるうちにえんじ色に染まった。「もう行かないと」コナーはさっと立ちあがり、砂浜を駆けていった。

アリッサは走り去るコナーの背中を見つめていた。心はわくわくするような幸福感で満たされていた。

コナー・ブラボーがわたしにキスしてくれた。これは夢じゃない。彼の心はもうわたしのもの。コナーはわたしを選んでくれる。きっといつか、彼の恋人になれるはず。

しかしその後、コナーは二度と彼女にふれようとしなかった。

六年もの長いあいだ、ずっと……。

三十一歳のコナーが顔を上げ、苦悩に満ちた表情でアリッサを見下ろした。

彼女は目をしばたたいてコナーを見上げた。少しめまいがする。過去と現在が頭の中で渦を巻き、押し流されてしまいそうだ。「やめないで。お願い」

コナーは眉をひそめて言った。「こんなことは、もうやめたほうがいい」

「本気で言ってるの？」アリッサは鼻先で笑った。「わたしはこの瞬間のためにここへ来たのに」

「それは違う。心の平穏を得るためだ。そう話しただろう？　きみが過去をすべて思い出した状態で、ニューヨークに戻れるようにするためだ」

「あらかじめ用意されていたような台詞《せりふ》ね」

「しかしそれが現実だ。こんなことを続けてもいい結果は出ない。大切なのは、きみが現実を受け入れることだよ」

「たぶんあなたにとってはね。でもわたしは違う」

アリッサは彼の額にそっとふれて、さらに琥珀色《こはくいろ》の髪を撫でた。

そのとき彼女の脳裏に新たな記憶がよみがえった。ついこのあいだまで交際していた男性の記憶だ。カイル。そうよ、それが彼の名前だった。

ロウアー・マンハッタンのトライベッカ地区に、わたしのアパートメントはあった。近くにあるお気に入りのカフェで彼と向かい合って座っていた。注文したターキーサンドイッチが手つかずのまま青い皿の上に残っていた。ミルク入りのコーヒーは冷めかけていた。わたしはカイルにあやまった。こんなことを続けてもいい結果は出ないと言って。カイルが席を立ち、店を出ていくのを見て、わたしは胸がひどく痛んだ……。

「アリッサ？」コナーが眉根を寄せている。「大丈夫か？」

「ええ」こうして彼の腕の中にいるだけで、わたしはどれほどの安らぎを得ているだろう。今はその事実だけに集中したい。「これから十三週間のうちに何が起きるか、誰にもわからないはずだわ」

「だが、どうなる可能性が高いかは予想できる」

アリッサは体を起こして、肩にかかった黒髪を無造作に払い、ため息をついた。「余計なお世話かもしれないけど、あなたはいつも意地を張りすぎね」

「意地を張っている？　ぼくが？」彼はコーヒーテーブルから自分のグラスを取り、立ちあがった。

「待って。どこに行くの？」

「二階だよ」コナーはその場から去ろうとした。

「ここでの暮らしを通じて心の平穏を得ることが、何よりも大切だと言っていたわね？　でも、どこが間違っていたのかを話そうとするたびに、あなたがそんなふうに逃げていたら、いったいどうやって心の平穏を得ればいいの？」

コナーが足を止めた。後ろ姿を見ているだけで、欲望を意地でも抑え込もうと躍起になっているのが彼女にもわかった。二人がふれ合うたびに情熱の炎が燃えあがる。それは否定できない事実なのだ。

「今となってはどうしようもないんだよ。おやすみ、アリッサ」

　彼が二階へ行ったあともアリッサはソファに座り、ウォッカトニックを飲みながらぼんやりと考えた。わたしはなぜ、コナーが自分にとってただ一人の特別な男性だと思っているの？

　彼が魅力的だから？　いいえ、魅力的な男性ならほかにもたくさんいる。

　わたしにとってコナーはそれ以上の存在なのだ。誰よりも深くわたしのことを知っている。わたしのすべてを――いいところも、欠点も、何もかもわかっている。わたしがコナーを理解するように、彼もわたしを理解してくれている。

　それなのにニューヨークで過ごした七年のあいだ、わたしはコナーに背を向け、彼のことを忘れて前に進もうとした。新しい恋人を見つけようと悪戦苦闘したのかしら。アリッサは苦笑した。事故にあってからこれまでに知りえたすべてのことから判断して、その試みはどうもうまくいかなかったらしい。

　ふと顔を上げ、部屋の反対側にある窓の向こうに広がる暗闇をじっと見つめた。

　コナーは心に壁をつくっている。壊すことができるのはわたしだけ。それは十三歳のあの夏の日からずっとわかっていた。

　わたしたちを隔てるものが何なのかをコナーと話そうとしても、今のところ彼は聞く耳を持たない。

　別のやり方が必要なのかも。

　アリッサはふと手を上げて、何気なく唇にふれた。キスの温《ぬく》もりがまだ残っていた。甘く力強いキスの名残が。

　彼をわざと誘惑するのはいけないことかしら？言葉ではなく、互いの体で語り合ってみたらどう？せめて最初だけでも。

　ひとりでに顔がほころんでいた。「こうなったら手段を選んでいられないわね」アリッサは窓の向こうの暗闇に向かってつぶやいた。

6

　コナーは二階の部屋へ逃げ帰ってベッドに座り、臆病者の自分をありとあらゆる言葉で罵倒した。

　過去の話をするのがどうしても嫌だった。幸せな結婚生活を彼がいかにだいなしにしてしまったか、自分のやり方を通したいがために、どれほど愚かで子供じみた意地を張ったかを話すのがつらかった。だからアリッサとの議論で打ち負かされたくなくて、話し合いを拒んで逃げた。

　本当はもっとキスしたかった。彼女の体にもっとふれて、七年前と同じ反応をするか確かめたかった。

　むしろ昔より反応がよくなっていたな。

　スコッチを飲みほしてベッドサイドのテーブルにグラスを置いたとき、ドアをノックする音がした。

「どうぞ。鍵はかけていない」

　ドアが開き、そこにアリッサがいた。豊かな胸のすぐ下で腕を組んでいる。脱いだミュールを片方の手にぶら下げていた。

　逃げたぼくを追って部屋まで来てくれたのか？ コナーは甘い期待に胸を躍らせた。

「初めてキスしたときのこと、覚えてる？」彼女が尋ねた。

　コナーはうなずいた。「バレンタイン・ビーチの砂浜だった。決して忘れない。きみは赤いビキニを着ていた。日焼け止めを渡されたときは頭がどうかなってしまいそうだった。キスしたときには、もう死んでもいいと思ったよ」

　アリッサは切なそうに、甘いほほえみを浮かべた。

「あのときも逃げられたわ」

　コナーは事もなげに言った。「〝今夜みたいに〟と言いたいのか？」

「そうよ、今夜みたいに。わたしが怖いの？」

彼は素直に認めた。「怖いよ。昔からずっと。どれほど大切な存在かを考えるだけで不安になったし、きみを失うことを想像するだけで、怖くてたまらなくなった」

「事実、わたしを失ったわね」

「そのとおりだ」

アリッサはうつむき、裸足《はだし》の足元に目を向けた。やがて顔を上げ、黒いまつげ越しに彼を見つめた。

「でも、こうしてわたしはここに戻ってきた。今度はそう簡単に失うことはないわよ。少なくとも何年も音信不通になったりしない」アリッサは笑った。ややしゃがれた温かな笑い声を聞いてコナーの胸は痛んだ。「おやすみなさい」アリッサは腕を伸ばし、ドアをぱたんと閉めた。コナーは部屋に一人取り残された。

翌朝、アリッサは実家に向かう途中でバレンタイン・ベイ急病診療所《アージェント・ケア》に立ち寄り、膝の抜糸をした。そのあとドクター・ワーバリーを訪ね、一時間ほど話した。わずかではあるが記憶の一部が戻ってきた、と報告するとドクターは喜んだ。

今はコナーの家に滞在していることも伝え、彼と過ごすことでずいぶん救われていると打ち明けた。別れた夫の家に住むのを反対されるかもしれないと思ったが、ドクター・ワーバリーは黙って話を聞いてうなずいただけで、特に何も言わなかった。

自分のＳＮＳを捜し出し、記憶が抜け落ちている七年のあいだにアリッサ・サンタンジェロがどんな女性に変わったかがよくわかったと冗談交じりに伝えると、ドクターは知り合いに連絡を取ってみてはどうかと提案した。そうすることでニューヨークでの思い出が比較的すんなりと浮かんでくるかもしれない、と。

　ニューヨークの知人に連絡することを考えると、アリッサは怖くなった。その人たちは彼女を友だちだと思っている。だが目下のところアリッサに彼らの記憶はなく、友人として知っていて当然のことも何一つ思い出せていない。

「カイルという男性に連絡してみては？」ドクター・ワーバリーが提案する。「ついさっき、彼とのエピソードを思い出したと話していましたよね」

　アリッサは唇をかんだ。「さあ、どうでしょう。思い出といっても別れたときのものですし。当時のわたしが彼ときっぱり縁を切るつもりだったのは、どういうわけか確信できるんです。わたしから連絡したら、よりを戻したがっているのかと勘繰られてしまいそうで」

「なるほど。でしたら、そういう意図がこちらにないことを相手に話しておけばいいでしょう。正直に伝えてあげるんですよ」

　アリッサはそれでも気が進まなくて、膝の上で両手を組んでもじもじさせた。

「カイルに連絡するのをためらう気持ちがあるのは、元のご主人とのことが理由では？　今現在、同居していると言っていましたね。ひょっとしたらその方ともう一度やり直したいと思っているのではありませんか？」

　アリッサは大きく息を吸ってからため息をつき、正直に打ち明けた。「そうです。なんとかして彼とやり直したいと思っています」

　ドクター・ワーバリーは軽くうなずいて言った。

「それなら、ニューヨークにいる別の知人に連絡をしたほうがいいですね。たとえば女性の友人とか」

　考えてみますとアリッサは答えた。

　診療所から実家に向かう途中でアリッサは考えた。かつての職場はどんな様子なのか。できたら連絡を取りたいが、七年分の仕事の記憶をすべて失ったと話すのは、あまり賢明とは言えないだろう。

向こうから連絡が来ることはありえない。少なくとも、しばらくのあいだは。今はアリッサが母親の頼みの綱なのだと職場の同僚や上司も知っている。仕事の話でアリッサをわずらわせたりしないはずだ。

なぜそれがわかったのか？

新たに取り戻した記憶のおかげだった。営業担当部長のジェーン・ルヴローとの会話だ。アリッサは自分が手掛けているプロジェクトを、すべてほかのスタッフに引き継いだことをジェーンに報告した。するとジェーンは〝正直、あなたなしで業務を続けるのは楽ではないだろうと思うわ。でも、ときには自分や家族のために時間を使うことも大切よ〟そう言って、少なくとも最初の数週間は会社からアリッサに連絡することはないと約束した。

アリッサは実家の前に車を停《と》めた。隣にダンテのパトカーが停めてあった。

家に入ると、玄関ホールにダンテが立っていた。

「予定では二時間以上前に着いていたはずだな？」兄は強い口調で妹を問いただした。「来てみたら、母さんが家で一人きりになっていた」

「ママに何かあったの？」

「問題はそこじゃない。おまえはここで母さんの世話をしなきゃだめなんだ。そうだろう？　あいつの家なんかにいるべきじゃない。ここに戻ってきた本来の目的が果たせなくなる。おまえに悪い影響を与えるのは言うまでもない。あいつと一緒にいても、おまえのためにならない。覚えていないんだろうが、おまえを捨てた悪党なんだぞ」

「そんな言い方はやめて、兄さん。コナーと離婚したことは自分でもちゃんと理解しているの。兄さんが彼のことをどう思っているかも充分わかっている。教えてもらうまでもないわ」コナーと別れた理由について、いつか兄たちに包み隠さず話そうと彼女は思った。「それにわたしにも落ち度はあったのよ。彼一人のせいで離婚したわけじゃないわ」

「思い出したのか？　記憶が戻ってきたんだな？」怒りと希望が兄の顔でせめぎ合っていた。コナーに対しては腹が立つが、妹が記憶を取り戻したのは朗報だと思ったらしい。

しかしコナーと別れた事実を思い出せたわけではない。記憶の空白はいぜんとして残っている。

「片方だけにすべての落ち度があるなんて、ありえないもの。兄さんも以前は既婚者だったのなら、わかるでしょう？　それにわたしが遅れたのは膝の抜糸と、ドクター・ワーバリーの診察があったから。今日は遅れることをママだって知っていた。マルコはわたしが来るまでここにいると言っていたわ」

「ダンテ、アリッサ、兄妹喧嘩《げんか》はやめなさい！　聞こえているわよ！」母の声が二階から聞こえた。「二人ともこっちに来なさい」

ダンテは妹をじろりとにらんだ。アリッサも兄をにらみ返した。

「ぐずぐずしないで！」ふたたび母が叫んだ。

二人は叱られた子どものようにのろのろと階段を上った。

「まったく困った子たちね」ベッドの両脇に立ったダンテとアリッサに母が言った。隣に犬のタッカーが体を丸くして寄り添い、大きくなったお腹《なか》の横に分厚い本が開いたまま伏せてある。母はたしなめるような目で長男を見た。「マルコがついさっきまで一緒だったと言ったでしょう。もうすぐアリッサが来るとわかっていたから先に行かせただけよ。何かあっても家族にすぐ連絡ができるように電話を設定してあるから大丈夫。おまえはなんでもないことを大げさに騒ぎすぎです」

次に母はアリッサの顔を見て、やや穏やかな声で言った。「兄妹で言い争うのはやめなさい。ダンテはあなたがかわいいからこそ、言っているのよ」

さあどうかしら、威張りたいだけかもしれないわ。アリッサは心の中でつぶやいた。

「二人とも、相手にごめんなさいは？」母が促した。

アリッサが先にあやまった――いつものように。

「ごめんなさい、兄さん」

兄もぼそっとつぶやいた。「ぼくも悪かったよ」すっかりふてくされている。アリッサはどうしても兄に言っておきたいことがもう一つあった。

「コナーと和解して、兄さん」

ダンテは無言で立っていた。

「親友だったんでしょう？　まだ間に合うかもしれないわ。仲直りするべきよ」

兄はやはり無言だった。

母が小さな声で言った。「アリッサ、ダンテにはちゃんと伝わっているわ。もうやめなさい」

話し合いはそこで終わった。

その日の夕方、アリッサはコナーの家へ戻る前に家電量販店に寄った。購入した品を店員に梱包《こんぽう》してもらっていたとき、メールの着信音が鳴った。

コナーからだった。〝何かあったのかい？〟

彼が心配してくれていることに感動してぼうっとしながら返信した。〝心配をかけてごめんなさい。連絡しておけばよかったわ。ノートパソコンを買っていたの。すぐ帰るわね〟

〝ステーキを焼くのは、きみが帰ってからだな〟

〝ありがとう〟

こういったごくあたりまえのやりとりにも幸せを感じてしまう。梱包された新品のノートパソコンを受け取りながら、アリッサは店員にとびきりの笑顔を見せた。

夕食はキッチンの外にあるテラスでとった。微風《そよかぜ》が吹く涼しい夕べに戸外で食事をするのも悪くない、とアリッサは思った。

　ほっとするわ。こうしてコナーのそばにいると。彼もくつろいだ様子で、わたしと一緒に過ごすのが楽しいみたい。

　仕事のほうはどんな感じかと尋ねると、コナーは彼女が不在だったこの数年間で、〈バレンタイン・ロギング〉の業績がどれだけ伸びたかを語った。

　アリッサは赤ワインを一口飲み、失った過去に思いを馳《は》せた。「あなたはお兄さんのそばを離れられなかったのね？　つまり……わたしたち二人が別れたときに」

　コナーはデッキチェアに深々と腰をおろし、彼女から視線をそらしていた。答えたくないのかと思っていると、彼が言った。「両親が亡くなったとき、ダニエルはぼくたち兄弟の心の支えになってくれた。この上なく頼もしい存在だった」

「そうだったわね」アリッサは小さな声で言った。

彼らの両親が亡くなったとき、ダニエルは十八歳でコナーは十五歳。彼女とあの禁じられたキスを交わした夏とちょうど同じ年だったが、ブラボー家の悲劇が起きたのは春だったので、ほんの少し先だ。

「ニューヨーク行きを拒んだことに、兄はなんの責任もない。これっぽっちもだ」

「わかってる。そういう意味で言ったわけではないの。ダニエルはあなたを含めた弟と妹たちのために多くの犠牲を払ってくれた。あなたは彼にたった一人で会社の経営をさせるのが嫌だったのね」

　コナーはワインが半分だけ残ったグラスをじっと見たが、手に取ろうとはしなかった。「兄とぼくは昔から一つのチームだった。仕事に関する限り、それは今も変わらない」

「一緒に働くのが楽しいだけでなく、それが兄に対する義務だと思っていたの？」アリッサが訊《き》いた。

コナーは顔を上げ、まっすぐに彼女を見つめた。

「ぼくはニューヨークに行きたくなかった。ここに残りたかった。だけどきみも手放したくなかった。絶対に。ばかみたいだろう？　まるで駄々をこねる子どもだよ。その結果があの大失敗というわけだ。愛されているのはわかっていた。ぼくもきみに夢中だった。毎日が幸せだった。だからつい……安易な道に走り、きみの夢はぼくの夢だと言って応援するふりをした。二人の夢が違うことを認めざるをえなくなっても、ぼくを愛しているならこちらの要望を受け入れてくれるはずだと勝手に信じ込んだ」

アリッサが急に笑い出した。「わたしを誰だと思っていたのよ、コナー？」

「我ながら救いようのない愚か者だったな」

彼女はグラスを置いた。「いいわ、許してあげる。嘘《うそ》じゃないわよ」

コナーは信じられないと言いたげに彼女をまじまじと見た。「なんと言ったらいいのか、言葉が出てこない」

「何も言う必要はないわ。それよりも自分自身を許してあげて。ついでにうちの兄のことも許してもらえるとうれしいけど」

彼は膝の上で手を組んだ。「きみもちゃっかりしているな」

「考えてみるだけでいいから。以前にも一度あったでしょう。大学でわたしたちがつき合っていた頃に。兄は最初すごい剣幕で怒ったけれど、最後には式であなたの花婿付添人《ベストマン》を務めてくれた」

「ダンテとぼくの関係を修復できると本気で思っているのなら、きみはとんだ夢想家だよ」

「そういう考え方は捨てないとだめ。あなたは物事をもっとポジティブに捉えるべきね」

なんて気分がいいんだろうとコナーは思った。アリッサと過ごすのがこれほど楽しいとは。日々の坦々《たんたん》とした営みが――料理をつくって食べ、皿を洗浄機に入れることがこんなにも楽しい行為だったことを、今まですっかり忘れていた。

食後はソファに座って映画を観《み》た。彼女はコナーの隣に座った。映画が終わる頃にはアリッサは彼にもたれかかり、コナーは彼女の体に腕を回していた。二人の距離をここまで縮めてしまっていいのかと、つい不安になったくらいだ。

それでもこうしているのが心地よかった。とてもしっくりするような気がした。コナーは彼女の髪に鼻を押しつけ、豊かで絹糸のように滑らかな黒髪の感触を楽しみ、香りを吸い込んだ。

しばらくすると二人は一階の明かりを消し、一緒に二階へ上がった。正確にはアリッサが先に立ち、コナーは目の前の美しいヒップが揺れるさまに見入ってしまわないように注意しながら、彼女の後ろをついていった。

階段のいちばん上まで来ると、アリッサが振り返って彼を見た。

二人は見つめ合った。まなざしで互いを愛撫《あいぶ》するかのように。

どうしてそうなったのかは、彼にもわからない。ついさっきまで数歩離れていたはずのアリッサが、気がつくと彼にキスしていた。コナーの腕が彼女の体に巻きつけられている。

これだ。このキスだ。

アリッサのキスだ。

昨夜のキスと同じくらい――いや違う。

あれよりもずっといい。

アリッサの唇はコーヒーと、映画を観ながら食べていたグミキャンディの味がした。永遠にキスできそうな気がした。二人の舌が激しくもつれ合った。

抱きしめたアリッサの体は柔らかく、熱く、熟した果実のような魅力にあふれている。彼は女性らしい丸みを帯びた体の感触を余すところなく楽しんだ。

　たっぷりと時間をかけてキスをした。それなのに、唇が離れてもまだ名残惜しさを感じてしまう。コナーはもう一度キスして――唇を離した。これ以上続けていたら、そのままアリッサを抱えあげてベッドに連れていってしまっただろう。ぎりぎりのところで彼は踏みとどまった。

「やめよう。これ以上はだめだ」彼は息を切らしながらアリッサの額に自分の額を押し当てた。

　彼女は濃く黒いまつげ越しにコナーを見つめた。

「気が変わったら教えて」そう言って彼に背を向け、自分の部屋に姿を消した。

　翌朝、アリッサが二人分の朝食をつくった。彼女は買ったばかりのノートパソコンについてあれこれ楽しそうに説明し、ニューヨークにいる友人たちにも何人か連絡してみるつもりだと陽気にしゃべりつづけた。

　物欲しげな顔でアリッサを見たりしてはだめだ。彼女の裸を想像したりするんじゃない。コナーは自分に言い聞かせたが、うまくいかなかった。

　夕食のときもさっさと食べ終わり、やり残した仕事があるからと嘘をついて早々に席を立った。彼女は文句も言わず、引き止めようともしなかった。

「後片づけは任せて」アリッサはにっこりしながら彼に言った。「がんばってね」

　コナーは書斎に入り、デスクの前に座ってノートパソコンをじっと見た。しばらくしてからようやくメールを読み、明日のスケジュールを確認した。

　やがて夜の十時になった。彼は立ちあがってドアを開け、そこから顔を出した。

　家の中はしんと静まり返っていた。一階の照明はすべて消され、アリッサの部屋のドアも閉められて、ドアの下の隙間から明かりが一筋、もれていた。コナーの心に失望が重くのしかかっていた。彼女との貴重な夕べのひとときだったのに、書斎に引きこもって時間を無駄にしてしまった。

しかたがないだろう？　今の状況で彼女と一緒に過ごすのはあまりに危険すぎる。手を出さずにいることが日に日に難しくなってきていた。

ぼくは彼女を求めている。アリッサもぼくを求めている。それなのに、なぜためらう？

彼女は永遠にこの街にいるわけではない。いずれアリッサはバレンタイン・ベイを出ていき、ぼくはまた彼女を失う。ちょうど七年前のように。

それまでのあいだ、二人にとってとても自然だと思えることを楽しんで何が悪い？　おそらく彼女も同じ考えのはずだ。昨夜の情熱的なキスで、それがいっそうはっきりしたじゃないか。

ぼくはアリッサがほしくてたまらない。昔から、そして今でもずっと。この耐え難い渇きを満たせるのは彼女しかいない。

翌朝、目を覚ましたコナーはうめきながら寝返りを打ち、ベッドを出てすぐにバスルームへ向かった。冷たいシャワーを浴びて気分を変えたかった。

天井に直《じか》づけされたミストシャワーを好みの水量に調節していたとき、背後からアリッサの声が聞こえた。「おはよう」

振り向くと、彼女がバスルームのドア口にいた。長い黒髪が乱れるように波打ち、なんとも官能的だ。身につけているのは体にぴったりしたショート丈のシャツとホットパンツのルームウェアで、シャツの裾が臍《へそ》に届かないほど短く、セクシーなお腹がちらちらと見え隠れしている。どうやらブラジャーをつけていないらしい……。

コナーは動悸《どうき》が激しくなるのを感じた。

アリッサはわすれな草のようなブルーの目で彼をまっすぐに見た。やがて彼女の視線が顔から下へと、裸になった彼の全身をゆっくり移動していき、つま先からふたたび上へ向かった。「わたしのことを考えていたのね？」そう言って背筋をすっと伸ばし、シャツの裾をつかんで頭からいっきに脱いだ。美しく豊かなバストがあらわになった。アリッサはシャツをバスルームの床に放り投げ、はいていたホットパンツをぐいとおろした。

二人は生まれたままの姿で向かい合った。

「アリッサ……」コナーは言葉を探して言《い》い淀《よど》んだ。

彼女は静かに歩み寄り、コナーのすぐ手前で足を止めた。「嫌なら嫌だと言って、コナー。わたしがほしくないならそう言って。出ていけと言って」

「アリッサ……」彼の声はかすれていた。「本当にいいんだね？」

7

「わたしは本気よ」アリッサがささやくような声で答えた。「人生でこれほど確信を持ったことは一度もないわ。誓ってもいい」

アリッサとの距離は数センチもない。輝くような黒いまつげを一本ずつ数えられるくらい近かった。息をするたびに、彼女の豊かな胸の頂が自分の胸にふれる。あとは、ほんの少し手を伸ばして抱きしめるだけだ。

アリッサさえいればもう何もいらない。この期に及んでそれを否定するつもりか？

コナーは片方の腕を伸ばして彼女の体に回した。アリッサの唇から切なげな吐息がもれた。

　ああ、たまらない。

もう一方の腕も回して彼女を抱き寄せる。しなやかで美しい裸身がコナーの体に余すところなく密着した。アリッサの甘い香りが彼を包み、硬くなった情熱の証《あかし》が滑らかで丸みを帯びたアリッサのお腹《なか》の下に当たるのを感じた。まるでそれがみずからの意思を持ち、彼女の求めに応じようとしているかのように。

「コナー……」アリッサがわずかにうつむき、彼の胸に唇をそっと当てた。彼の背後で出しっ放しになっているシャワーの湯気の匂いと、彼女の体が放つ甘やかな芳香が混じり合った。

　コナーはアリッサの黒髪を荒々しくつかみ、顔をのけぞらせるようにして自分のほうへ向け、唇を押し当てた。

　アリッサを抱きしめて唇を奪う……これ以上の喜びがこの世に存在するだろうか。

　アリッサを抱えあげ、そのままシャワーブースに入った。天井のミストシャワーから雨のように降りそそぐ温水が二人の体を伝い落ちていき、全身をぬらした。

　彼はさらにキスを深めた。アリッサはうっとりして彼の体をすみずみまで手でたどっている。

　そうだ、その調子だ。

　ぼくにもきみの体のすみずみまで味わわせてくれ。

　アリッサのまろやかなヒップを両手で覆い、彼女の体を引き寄せた。硬くなった情熱の証を強く押し当てると彼女は悦《よろこ》びのうめき声をあげてその先を促した。コナーは片方の腕で彼女の体を支え、もう一方の手をふっくらとした柔らかな太腿のあいだにすべり込ませてその奥を愛撫《あいぶ》した。

　シルクのように指にまとわりつく感触。しっとりぬれているのはシャワーのせいだけではないはずだ。

　アリッサは唇を重ねたままうめき声をあげつづけて

いる。コナーはしなやかな長い指で秘められた谷間を刺激しながら、同時に親指でアリッサのいちばん敏感な部分を的確に愛撫した。

　アリッサの柔らかな手が彼の情熱の証を包み込むのをコナーは感じた。

　やがて彼女の手が動き出し、コナーは唇を重ねたままうめいた。

　ああ、ようやく……何年ぶりだろう。

　どちらも唇を離そうとしなかった。まるでそこに人生がかかっているかのように。二人はうめき声をあげながら互いの愛《いと》しい部分を愛撫しつづけた。

　突然アリッサが体をわななかせ、何かを懇願するように彼の名前を呼んだ。

　もう限界だ。

　コナーは悦びの頂点へいっきに駆けのぼり、情熱を解き放った。天井から降りそそぐシャワーの湯が二人の体を伝い落ち、すべてを洗い流していく。

　どちらも無言で互いの体を抱きしめ、シャワーに打たれながら唇を重ねつづけた。狂おしいほど激しかったキスがしだいにゆるやかなものに変わり、やがて唇が軽くふれ合う程度に収まっていった。

　アリッサがため息をつき、彼の胸に頭を預けた。コナーは彼女の流れるような黒髪をそっと撫《な》でた。

　最高の気分だ。こうしてもう一度アリッサを抱きしめられた。肌と肌がふれ合っているのが確かに感じられる。

「おいで」彼はシャワーを止めて彼女の手を取った。

　アリッサは素直に従い、シンクのそばに敷かれたバスマットの上に移動して立ったままタオルで体を拭かれた。彼はまず豊かな黒髪を拭って、下のほうに移動しながらアリッサの足元に屈《かが》み込んだ。膝を拭くときは傷跡に注意しながらタオルを当て、滑らかなカーブを描くふくらはぎをたどり、足首と愛らしい足を丁寧に拭いた。

コナーが立ちあがると今度はアリッサがタオルを受け取った。彼の髪を拭ってから、新しいタオルに取り替えてたくましい胸と両腕を拭き、下半身までたっぷりと時間をかけて丁寧に拭いていく。

拭き終わったときには、彼の情熱の証がまた硬くなっていた。

アリッサは彼の前に両膝をつき、愛しい部分に顔を寄せようとした。

コナーは彼女の顔に両手を当てて押しとどめた。

「今度はきみと一緒がいいな。本当の意味で一つになりたい」

アリッサが彼を見上げた。口元がかすかに震えている。ブルーの目に吸い込まれてしまいそうだ。

コナーは彼女に手を差しのべ、立ちあがらせた。

「後悔しないね？」

「ええ、もちろん。あなたも？」

「当然だろう？　ぼくはきみがほしい、アリッサ。ほしくてたまらないんだ。昔からずっと」

「すてき」彼女はつま先立ちになり、唇と唇を軽くふれ合わせた。「仕事に出かけるまで、どれくらい時間がある？」

「二時間ほどかな」

アリッサは彼にもう一回キスした。「それなら、少しの時間も無駄にできないわね」

寝室に入ると、コナーはサイドテーブルの引き出しを開けて避妊具を取り出し、すぐに手の届く場所に置いた。そしてアリッサの体を引き寄せ、一緒にベッドへと倒れ込んだ。

たっぷりと時間をかけたキスのあと、コナーの非の打ちどころのない愛撫がふたたび始まった。アリッサが息も絶え絶えになって彼の名前を呼ぶたびに、コナーは体の奥で何かが反応するのを感じた。

彼が避妊具を取り、アリッサはそれを彼の手から受け取った。何年も前に二人がそうしていたように、彼女は必要なことをすばやく確実にやってのけた。それからキスの余韻でぽってりと膨らんだ愛らしい唇にほほえみを浮かべてコナーを見つめた。

彼はアリッサの上になり、彼女は体を沈めるコナーの腰に脚を絡めて引き寄せ、二人は一つになった。アリッサはキスしながらさらに彼を引き寄せた。コナーは腰を激しく動かし、アリッサの唇を思う存分むさぼった。

アリッサは唇を重ねたまま、熱に浮かされたようにつぶやいた。「ああ……すてき……」

やがてコナーは限界が近づいてくるのを感じた。激しい動きをいったん抑え、アリッサを待つために少し体を引こうとした。

しかし彼女はコナーをさらに引き寄せて言った。「やめないで。あと少しだけ」

彼は夢中で動きはじめた。自分の一部がアリッサの中で脈打つたびに、不思議な熱い衝撃が体の中を駆け抜ける。このまま彼女に溺れてしまいそうだ。もう無理だ。今すぐすべてを解き放ちたい。

アリッサがくぐもったうめき声をあげはじめた。頂点に達しようとしている。

彼女が悦びの声とともに快楽の極みに達した瞬間、コナーも頭が真っ白になり、アリッサの中で動きを止めた。

彼は低い声でうめいてアリッサの上にくずおれた。彼女を抱きしめたまま寝返りを打ち、横向きになって無言で見つめ合った。

そのまましばらくまどろんだ。コナーは心地よい疲れを全身に感じた。昨夜の渇望も不安も苛立《いらだ》ちも、すべてきれいに消え去っていた。今は何もかも楽になって、満ち足りている感じがする。こんな気分は本当に久しぶりだ。

少し体を引いてアリッサの美しい顔をうっとりと

眺めた。黒いまつげを伏せて目を閉じている。彼はアリッサの優美な眉のあいだに唇を軽く当てた。

「起きているかい？」

彼女がコナーの体に腕を回して引き寄せた。

彼は湿り気の残るアリッサの黒髪を優しく撫で、かわいらしい鼻の頭にキスした。この時間が永遠に続けばいいのにと心の中でつぶやいた。

いつの間にか眠ってしまったらしい。

目を覚ましたとき、時計は九時前を指していた。大変だ。彼は隣で眠っているアリッサに声をかけた。「朝だよ、アリッサ」彼女が目をぱちりと開けてコナーにほほえんだ。彼はすばやくキスして言った。

「遅刻しそうだ」

アリッサは残念そうに小さな抗議の声をあげて、彼の体に回していた腕をはずした。

そうだ。避妊具は？　コナーはちらりと下を見た。半分はずれて、中身が一部もれている。

アリッサは不安そうな顔で彼を見た。

コナーは彼女のほつれた髪を手に取り、耳の後ろにかけた。「きみが日頃から経口避妊薬《ピル》を服用しているのなら、安心できるんだが」

「ええ、いつものんでいるわ」アリッサは物憂げな笑みを浮かべた。

「よかった。それなら大丈夫だ」

「キスして」彼女が言った。「一度だけでいいの。それがすんだらわたしは部屋を出るから、あなたも着替えて出かける準備ができるでしょう？」

コナーは身を乗り出して彼女の顔を両手で包み、唇を重ね、その味わいにうっとりしながら考えた。いっそのこと休みを取って、今日一日ずっと彼女と過ごしたい。だがどうしても出席しないといけない会議が一時間後に始まってしまう。

アリッサはベッドを出て、バスルームのドア口に脱ぎ捨てたルームウェアを拾いあげると、大急ぎで身支度を始めたコナーを残して部屋を出た。

アリッサはその日実家に着くのが少し遅れたが、ちょうど来ていた義妹のリサが、ずっと母と一緒にいてくれたので何も問題はなかった。

母は見るからに元気そうだった。アリッサは洗濯をすませてから、一階と二階にひととおり掃除機をかけた。

午後の早い時間、母が昼寝をしているあいだにアリッサはニューヨークにいる同僚の二人にＳＮＳのメッセージ機能を使って連絡した。どちらもすぐに返信があり、アリッサはさらに返事を送った。

何度かやりとりを続けただけで、記憶がいっきによみがえった。彼女たちと知り合ったきっかけとか、ウエスト・ビレッジのお気に入りのバーで女同士のたわいないおしゃべりをして盛りあがったこととか、バーニーズ・ニューヨークやバーグドルフ・グッドマンやサックス・フィフス・アベニューでの仕事で成功を収めたときのことを思い出した。

アリッサは母が元気にしていることを伝え、事故の件も知らせた。ただし記憶の一部を失ったことはメールに書かなかった。車がめちゃくちゃになり、怪我《けが》もまだ治療中だが、だいぶ回復しているとだけ文面に入れておいた。これ以上の説明は今度会ったときでいいだろう。

そのあと父の夕食をつくり、サラダは冷蔵庫に、あとは帰宅後に温め直して食べられるように整えた。それが終わると母の様子を見に行った。

「もう帰っていいわよ」部屋へ入るやいなや母から言われた。「コナーのところに戻りたくてうずうずしているのは、お見通しなんだから」

「ママを一人にするわけにはいかないわ」

ベッドのそばで犬のタッカーが耳をぴんと立ててくうんと鳴いた。母がマットレスをぽんとたたくと、タッカーはベッドにぴょんと飛びあがり、母の横で体を丸くした。

「ああもう、我が家の男たちと同じことを言うのね。病院とかかりつけ医と九一一はもちろん、家族と知人の連絡先はすべて短縮ダイヤルですぐに電話できるように設定してあるから大丈夫だと、何度言えばいいのかしら?」

ちょうどそのとき、家の前から車の音が聞こえた。アリッサは窓に向かった。「マルコだわ」

「計ったようなタイミングね」タッカーのふさふさした首のまわりをかいてやりながら母が言った。

「あなたはもう帰りなさい、アリッサ」

彼女がコナーの家に戻ったのは五時を少し回った頃だった。

幸いなことに、また夕食をつくる必要はなかった。コナーと交替で用意する約束で、今夜は彼の当番だったからだ。

たぶん帰宅してから料理を始めるか、テイクアウトを買って帰るつもりだろう。

コナーが帰ったのは六時少し前だった。大好きなハンバーガー専門店の袋を彼が持っているのを見てアリッサの胸が躍った。しかしコナーの不安そうな顔を見たとたんに心が沈んだ。彼はテイクアウトの袋をキッチンカウンターに黙って置いた。

「おかえりなさい」アリッサは彼の腰に腕を回した。

「アリッサ……」コナーは彼女の肩に手を置いた。彼の目には後悔の色が浮かんでいた。

アリッサはとっておきの笑顔を彼に向けた。

「殉教者みたいな顔はやめて。自分を責めるのは愚か者のすることよ」

「アリッサ、今朝のことだが――」

「言わないで」彼女はコナーの唇に指を当てて彼の言葉をさえぎった。「あなたはもう三十歳を過ぎた大人の男性でしょう？」

「そうじゃなくて、アリッサ――」

「そしてわたしは二十九歳」

コナーはうんざりしたようにため息をついた。

「話をさせてくれないか？」

「ごめんなさい。つい……でもこれだけは言わせて。わたしたちはもう大人で、どちらも独身よ。だから自分のことは自分で決めていいはずだわ」

「そうはいっても、事故であれだけの怪我を負ったんだ。今のきみは普段のきみではない」

「わたしがわたしじゃないですって？　それなら、今のわたしは誰？　冗談はやめて」

コナーがむっとした顔で言った。「死んでいてもおかしくないほどの事故だった。きみの身に起きたことは冗談ではすまされない」

「ならいいわ。わたしも冗談なんかですませる気はないから。今朝のことだってそう。やっとあなたと一つになれた……最高にすてきなひとときだった。それなのにあなたは、そんなことはどうでもいいと思っているの？」

「いや、ぼくは……」コナーは言葉に詰まったようだった。「だから、ぼくが言いたいのはそんなことではないんだ」

「じゃあ、何？　聞かせてちょうだい」

失った記憶が少しずつ戻りはじめていることを、話しておくべきなのかもしれない。離婚したあとも、そして今も、ずっと愛していたと伝えなくては。

でもその事実を打ち明ける心の準備がまだできていない。今の時点で話せそうな相手はドクター・ワーバリーと、ひょっとしたら母だけ。それ以外の誰にも言いたくない。意気地なしと言われてもしかたがないわ。でもわたしだってそういつも思い切ったことができるわけじゃないのよ。

それに忘れてはいけないのは、彼が今もこの街の住民だということ。コナーはバレンタイン・ベイを心から愛している。そもそもわたしたちが離婚したのは彼がこの街を離れるのを拒んだからだ。今わかっている事実から考えると、わたしはニューヨークでの生活を大いに満喫していたみたい。だとすると、もう一度やり直したいと話すのにはまだ早いのかも。コナーとの暮らしを実現するために、わたしがどんな形で折り合いをつけたいのかをよく考えてからにしないと。

「アリッサ……」コナーはまだ言葉が見つからないらしい。彼女を抱いたことを後悔しているのだろう。

「今朝のことなら、もう気に病まないで。わたしはまだ何週間もここに住まわせてもらうつもりだし」

アリッサは何歩か前に出て、彼の胸に手を当てた。

「どうせなら可能な限り今を楽しみましょう」

「アリッサ、きみは……」彼の言葉はそこで途切れ、アリッサは肩をつかんでいた彼の手から力が抜けていくのを感じた。

「人生は短いわ、コナー。何事も絶対はないのよ」

彼はアリッサの首筋を指でなぞりながら言った。

「ぼくは間違ったことをしたくない。それだけだ」

「この家からわたしを追い出すのは、正しいこととは言えないでしょうね。あとで何が起きるにせよ、今はあなたのことをもっとよく知りたい。あなたと過ごせるこの時間を何よりも大切にしたい。以前は二人で幸せに過ごしていたんでしょう？」

コナーの表情が急にこわばった。「そのとおりだ。昔のぼくたちは本当に幸せだった」

「それなら、わたしたちがまた幸せになれる可能性だってあるはずよ。今すぐに、ここで」

コナーは親指で彼女の顎を軽く上げた。彼と目が合い、アリッサは急に体が熱くなるのを感じた。

「考えが変わったら必ず言ってくれ。いいね？」

「大丈夫よ。絶対に変えないから」

彼はアリッサの顔をじっと見つめていた。彼女は固唾《かたず》をのんで待った。

やがてコナーは彼女を引き寄せ、唇にキスした。アリッサはつま先立ちになり、彼にキスを返した。すると突然コナーに抱きあげられ、小さく叫んだ。コナーはそのまま階段へ向かった。

自室に戻ったコナーは彼女を抱えたまままっすぐベッドへ向かった。「今すぐに、ここで始めよう」

二人は見つめ合ったまま服を脱いだ。脱いだ服が部屋のあちこちに散らばる。アリッサがミュールを蹴り捨て、飛んでいったミュールがベッドの反対側の床に落ちて音をたてる。

ベッドで仰向けになったアリッサに彼が体を寄せ、彼女は待ちわびたようにコナーにしがみついた。

「最高に幸せよ」アリッサは彼にささやいた。

「きみは知らないだろうが、この何日かずっと悩んでいた。きみに欲望を抱いては罪悪感に駆られ、次の瞬間、それのどこが悪いと開き直り……」

「知っているわ」彼の前髪を後ろに撫でつけながらアリッサは言った。「あなたがどんな人かちゃんとわかっている」愛しているの。昔から、そして今も。

アリッサは想《おも》いを声に出して言おうとした。

その前にコナーにキスで口を塞がれてしまった。

〝今すぐに、ここで〟は愛の呪文だったのかもしれない。二人は魔法にかかったように愛し合った。

キッチンへ戻ってハンバーガーとフライドポテトを食べようとしたときには、どちらもすっかり冷めていた。二人とも気にせずにそれらを頬張り、あっという間にぺろりと平らげた。

ネット配信の映画を観《み》ようか、このままベッドに戻ろうかと話していたとき、コナーがソファの上で寝ている黒猫のモーリスを見つけた。

「どこから入ったの？」アリッサが首をひねった。

ちょうどそのとき、コナーの携帯電話が鳴った。隣のミセス・ガーバーだった。モーリスをどこかで見なかったかと尋ねられた。

ここにいるので、今から連れていきますとコナーは答えた。電話を切ってすぐに二階へ行き、はいていたカーキのパンツの上にTシャツを追加してから、ビーチサンダルを履いて一階へ戻った。そしてモーリスを抱きあげて隣の家まで連れていった。

家に戻り、扉を開けるとそこにアリッサがいた。彼女がにっこり笑った。一糸まとわぬ姿で。映画はまた今度にして、二人はベッドへ戻った。

真夜中をだいぶ過ぎた頃に寝室の明かりを消し、アリッサとコナーは互いの腕の中で眠りについた。

携帯電話が鳴り響く音で、コナーは目を覚ました。あわててサイドテーブルに手を伸ばし、携帯電話を耳に当てたとき、着信音が反対側のテーブルの上にあるアリッサの携帯電話から聞こえていることに気がついた。

彼女も目を覚まし、コナーを肘でつついて言った。

「電話に出たら？」

彼はアリッサの頬にキスした。「きみの携帯だ」

「そうなの？」彼女は携帯電話を手に取り、ベッドに起きあがって耳に当てた。「マルコ？　えっ？　なんですって？」

彼女の末弟のマルコが電話の向こうで何か言っているのがコナーにも聞こえた。

「いつ？」彼女が訊《き》いた。「それで、無事なの？」

弟の返事を聞いてうなずいた。「そうね、わかった。これから行くわ」電話を切ってベッドに置き、アリッサは両手で髪をかきあげた。「母よ。血圧が急に上昇したみたい。背中が痛いと訴えて、出血も少しあったらしいわ。父の車でバレンタイン・ベイ記念病院に連れていくって」彼女はすばやくベッドを出て床に足をついた。「わたしも行かないと」

「車で送るよ」コナーもベッドの反対側から急いでおりた。

彼女は歩きながら答えた。「その必要はないわ」

「待つんだ」アリッサのあとを追って腕をつかむと、彼女が振り向いた。「こんな夜中に、一人で病院に行かせるわけにはいかない。ぼくの車で行こう」

アリッサが目をしばたたいて彼を見上げた。不安そうな目だ。唇が震えている。「コナー。わたし、どうしても行かないと」

「わかっている。一階で落ち合おう」

彼は記録的な速さで服を身につけ、一階におりて待った。すぐにアリッサが階段を駆けおりてきた。

「これを」コナーは玄関の横に置いてあった彼女のバッグを渡した。

「ありがとう」アリッサはバッグを肩にかけて、シャツのボタンを最後までとめた。「行きましょう」

8

コナーとアリッサが病院に着くと、すでに兄や弟たちが産科の待合室に全員そろっていた。

「来たか、アリッサ」ダンテが彼女に声をかけた。

アリッサはまっすぐ兄のほうに向かった。二人はすばやくハグを交わし、コナーはそのあいだ後ろのほうに控えていた。

やがてダンテが待合室の中をうろうろと歩き回りはじめた。アリッサの弟たちは椅子に座っている。三人とも目が充血していた。不安を募らせているのだろうとコナーは思った。彼に声をかける者は一人もいなかった。

アリッサは途方に暮れているようだった。最初は二列に並んだ椅子のあいだにじっと立っていたが、しばらくしてようやくダンテに尋ねた。「パパは？　ママと一緒なの？」

「ああ」ダンテが答えた。彼の話によると、アリッサの母親に起きたのは〝部分胎盤剥離〟だと思われると医師から告げられたそうだ。「真夜中を少し過ぎた頃、母さんが目を覚まして背中とお腹《なか》の辺りが痛いと言って苦しみはじめた。出血もあった。どれも医師が話していたとおりの症状だ」

トニーが言った。「今、いくつか検査をしている。超音波検査もあるらしい。帝王切開が必要かどうかは、検査の結果で判断すると言っていた」

「早すぎるよ」マルコがぽつりとつぶやいた。

パスカルが説明を加えた。「まだ妊娠三十週にもなっていないからな。帝王切開になれば、赤ん坊は専門用語で言うところの〝極《ごく》早産児〟だ」

「そんなに深刻な状況なの？」

「その可能性はある」ダンテがぼそりと言った。

アリッサの足元がぐらついたように見えた。

コナーはとっさに前へ出て、片方の腕でアリッサを抱えた。「こっちへ」彼はすぐそばの椅子にアリッサを座らせて彼女の横につき添った。

「コナー……」アリッサが手を差しのべた。コナーは彼女の手を取り、指と指を絡めてしっかり組んだ。

こんなときにもっとぼくにできることがあったら、どんなによかっただろう。「大丈夫だ」ほかに何が言える？「きっと大丈夫だから」

サンタンジェロ家の兄弟たちは恐ろしいほど沈黙を続けている。ふと顔を上げると、緊迫した空気の中で全員があからさまな非難の目を彼に向けていた。

アリッサも兄弟たちの視線に気がついた。「不満はあるでしょうけど、今は何も言わないで」彼女は兄弟を一人ずつじっと見た。「いいわね？」

弟たちは意見を差し控えることにしたようだ。

だが兄のダンテだけは、どうしても我慢できなかったらしい。「こんなやつがここに――」

「黙って、兄さん」彼女はコナーの手をさらに強く握りしめた。「そういう発言は時と場所をわきまえるべきよ」アリッサは兄をにらみつけた。

ダンテはしぶしぶ口を閉じた。そして踵《きびす》を返し、ふたたび待合室の中をうろうろと歩き回りはじめた。

彼らは待った。ほとんど誰も口を開かないまま、かれこれ一時間は経《た》っただろうか。

ようやく産婦人科医が姿を現し、患者の容体が安定したと皆に伝えた。

症状は比較的軽く、今のところ胎児も元気で発育も正常だという。ただしまだ早産の恐れがあるため、最低でも数日間は入院するそうだ。

医師がその場から去ると、アリッサはコナーに顔を寄せてささやいた。「そこまでひどい状況ではないようね。そう思わない？」

彼はアリッサのこめかみに軽くキスして言った。「同感だ。お母さんはきっと元気になるよ。お腹の赤ちゃんも」

ダンテはすでに妹の反対側の椅子に腰をおろしていたが、彼女とコナーの会話を耳にして悪態めいた言葉を口の中でつぶやいた。

アリッサは兄をにらみつけ、発言を撤回させようとして口を開きかけたが、コナーがすばやく彼女の手を引っ張って自分のほうに振り向かせた。

「アリッサ」コナーは彼女に顔を寄せ、耳元でささやいた。「放っておこう」

彼女はため息をついて椅子に座り直した。「ええ、そうするわ。兄にはあとでしっかり言っておく」

さらに一時間かそこら待たされているあいだに、アリッサの母親は病室へ移された。彼らは一人ずつ面会を許された――ほんの数分だけだったが。

一番手はトニーだった。戻ってきた彼は、母親が今は休んでいて、痛みはもうなさそうだと言った。看護師が病室に簡易ベッドを用意してくれたので、父親は泊まり込みでつき添いができるらしい。

次にパスカルが行き、続いてダンテが、それからマルコが母親に会った。アリッサの番になったときには朝の六時になっていた。すでにダンテ以外は病院を出て、休息を取ったり仕事に行く準備のために自宅へ帰っていた。

アリッサは看護師に案内され、金属製の重いドアを開けて母親の病室へ向かった。ダンテとコナーは二人のほかには誰もいないがらんとした待合室で、向かいあった椅子に座っていた。

妹の姿がドアの向こうに消えるやいなや、ダンテが口を開いた。「いったいどうなっているんだ?」声は低かったが、言葉の一つ一つから燃えあがるような怒りが感じられた。

コナーは慎重に答えた。「悪いが、質問の意味がよくわからない」

ダンテがそっぽを向いた。これ以上詮索されずにすむのではとコナーは期待したが、それは甘かった。ダンテはこの程度で黙っているような男ではない。

「四の五の言わずにさっさと答えろ。聞いた話だと、妹はきみの家のゲストルームにいるそうだな。和解するためとかなんとか、ばかげたことを言っているそうじゃないか。きみもどうかしている。あの子が頭にひどい怪我を負ったのはわかっているだろう? アリッサは今でもきみと自分が夫婦だと信じているんだぞ。自宅に住まわせて妄想を後押しするなんて、何よりも避けるべきことじゃないのか?」

「ダンテ」コナーは冷静な態度を崩さずに、淡々と話した。「ぼくたちが離婚したことを、アリッサはちゃんと知っている。事実として理解できている。彼女は妄想を抱いているわけではない。妹のことはきみだってよくわかっているはずだろう?」

「ぼくにわかっているのは、妹がきみの家に行ってから一週間が経過したということだ。きみが謝罪し、アリッサがそれを受け入れ、このばかげた茶番劇を終わらせるには充分な日数だと思うが？」

「言っておくが、きみと争うつもりはない。アリッサはみずから望んでぼくの家に来た。ぼくのほうも彼女の滞在を喜んでいる」かなり控えめな表現だ。実際には有頂天になっていると言ってもいいくらいなのだから。「きみには関係ない。これはあくまでもアリッサとぼくの問題だ」

「妹をまた傷つけるようなことをしたら、今度こそ絶対に……」ダンテはそのまま言葉をのみ込んだ。

かつての親友が何を言おうとしたのか、コナーにはわかりすぎるほどわかっていた。どう答えよう？　ぼくに何が言える？　アリッサに実家へ戻れと言うつもりはない。彼女はぼくと一緒に住みがっている。ぼくもこのままアリッサにいてほしい。というより心の底からそれを願っている。

ダンテが自分の足元をじっと見つめたまま訊《き》いた。

「アリッサはこの七年のあいだに起きたことを何か思い出したのか？」顔を上げたかつての親友の目に、不安の色が浮かんでいた。

コナーは椅子に座り直した。「具体的なことを思い出したという話は、一度も聞いていない。しかし事実は事実として完全に受け入れているらしい。混乱しているようには見えないだろう？　この前も、自分が今はニューヨークに住んでいて、憧れの職に就けて、ぼくとずっと前に離婚したことが理解できたと話していた」

「だが離婚後の出来事を何か思い出したと、実際に言われたことはないんだな？」

「ああ。ひょっとしたらドクター・ワーバリーには何か話しているかもしれないがね」

「もしきみたちの関係がうまくいっているのなら、

どうしてアリッサは記憶が戻ったことを黙っているんだろう？」

ぼくと同じことをアリッサも切望しているからか。コナーはふとそう思ったが、あえて言葉にはしなかった。「きみが直接、妹に訊けばいい」そう言って肩をすくめた。

産科病棟へ続く両開きのドアがゆっくりと開き、アリッサが戻ってきた。颯爽《さっそう》とした足取りで、前をしっかり向いて歩いている。

彼女がこちらをちらりと見た。母親との面会中に、兄と元夫のあいだで何か起きたようだと気づかれたらしい。

ブルーの目をきらりと光らせて、アリッサがつかつかと歩み寄ってきた。「何があったの？」

二人とも背筋をすっと伸ばして同時に答えた。

「何も」

彼女はダンテに目をやった。「いったいどういうつもり？ 兄さんに彼女のことをとやかく――」

「アリッサ」コナーは彼女を止めた。

「何？」彼女はくるりと振り向いた。

「もういい。ぼくたちは、その……なんというか、少し話をしただけだ」

アリッサが目をすっと細めた。目をしっかり凝らして見れば、彼の心を見透かせるのだと言いたげに。

「嘘《うそ》じゃないでしょうね？」

「ああ、そいつの言ったとおりだ」ダンテが答えた。

アリッサの視線が兄とコナーのあいだを行ったり来たりした。「そう。ならいいわ」彼女はようやくコナーの隣に腰をおろした。

彼はアリッサの体に腕を回し、一刻も早く話題を変えようとした。「お母さんはどうだった？」

「大丈夫そうよ。でも顔色が悪くて疲れた感じだった。わたしが病室を出たときには、もう眠っていた。みんな帰って休むようにと父から言われたわ」

「そうするか」ダンテが立ちあがった。「またな」妹とコナーにそっけなく会釈をして、彼は去った。

　アリッサはコナーの肩に頭をもたせかけて尋ねた。

「わたし、なんだか怖いの。わかる？」

　コナーはアリッサの体に回した腕に力を込めた。

「ああ、わかるよ」

「看護師はごく軽い症状だったと口々に言っていたけれど、母はもう四十八歳よ。胎盤剥離のリスクは妊婦が高齢になるほど高くなるし、初産より経産婦に多い病気だわ。母体が命を落とすケースもあるの。お腹の赤ちゃんもね。たいしたことはないだろうと思われたものが、ほとんど最悪と言っていいような結果になることも少なくないはず」

　コナーはアリッサの豊かな黒髪に唇を押しつけてささやいた。「きみのお母さんは強い人だ」

「ええ、そうね。でも——」

「最悪の事態を想像して思い悩んだところで、得るものなど何もない。最高に幸せな結末を考えることだけに意識を集中させよう」

　アリッサが頭を少し後ろに傾けて彼の顔を見た。外はもう夜明けの光がさしている頃だろう。しかしこの待合室にいると、自分たちが夜の深い闇の中に沈んでいる気分にさせられると彼は思った。

「お母さんもお腹の赤ん坊も、きっと大丈夫だよ。だから元気を出して」

　アリッサがほほえんだ。「あなたってすごいわ。人を励ます天才ね」

　コナーは心を込めたキスをした。アリッサを不安や恐怖から遠ざけてやりたい一心で。

アリッサはふたたび彼の肩に頭をもたせかけた。

「あなたの言うとおりよ。母も赤ちゃんも、きっとよくなるに決まっている」

「その調子だ」

「コナー」

「うん？」

「来てくれてありがとう。あなたが一緒で、本当によかった」

「どういたしまして」彼はアリッサの髪を撫《な》でた。「きみがここに来ると決めたからだよ。ぼくの居場所はきみの隣以外にありえないからね」

コナーはアリッサを家に連れて帰り、シャワーを浴びて朝食に卵を少し食べ、仕事へ出かけた。

アリッサは彼のベッドで——彼の香りに包まれて、ゆっくり眠った。これでコナーと一緒にいられる。少なくとも今だけは。彼女はここ以外のどんな場所でも眠りたいとは思わなかった。

目が覚めたのは、午後一時を少し回った頃だった。アリッサは携帯電話を取り、母に電話をかけた。

母はすぐに出た。「アリッサ？　わたしならもう大丈夫よ」母が力強く言った。「赤ちゃんも元気だし、パパもここにいるわ。わたしも頑張るから」

「さすがね、ママ。三十分以内にそっちへ行くわ」

彼女は電話を切ると、すぐに自分の部屋まで着替えを取りに行った。

クローゼットのドアを勢いよく開けたそのとき、アリッサはあっと叫んだ。

ほんの一瞬、目の前に別のクローゼットの光景が広がった気がした。そこはいかにも高級そうな服やデザイナーズブランドの靴で埋め尽くされていた。

自宅のクローゼットだわ。マンハッタンの。

何歩か後ずさり、ベッドに座った。開いたままのクローゼットに彼女の目は釘《くぎ》づけになっていた。

思い出がどっと押し寄せる。マンハッタンにある彼女の小さなアパートメント。壁にかけたアート。レオナード・ストリートを見渡せる窓。オンラインショップで四年前に買ったタタミのベッドは、当時つき合っていたボーイフレンドに組み立てを手伝ってもらった。

開いたクローゼットをうつろな目で見つめながら、頭の中でマンハッタンの自宅をぐるりと一回りして、そのまま外へ出た。かつて住んだ街を歩き、タクシーを止めて〈ストラテジック・イメージ〉に向かう。

会社に着くとエレベーターで三十階まで上がり、受付のグレンダに手を振って、颯爽とした足取りでオフィスに入り、同僚たちと挨拶を交わす。

これがかつてのわたしの日常だったのね。何年も続けてきた大都会での生活。

アリッサはベッドに倒れ込んでぼんやりと天井を見上げた。

病院に着くと、父が疲れ切った顔をしていた。

母のほうは上機嫌で娘を迎えた。アリッサは父をいったん帰宅させることにした。最低でも夕食の時間まではここに戻らないよう伝えた。

「シャワーを浴びて、ベッドで横になってひと休みするといいわ、パパ」彼女は父に言った。「あと、タッカーに餌をあげてね」

父がいなくなると、アリッサはコナーにメールを送った。母の体調に問題はないことを伝えてから、さらに続けた。〝今日は少し遅くまで病院に残ることになりそう。たぶん夕食には間に合わない〟

すぐに返信が来た。〝きみの夕食用にテイクアウトを買って帰るよ。フィッシャーマンズ・コーナーのフィッシュアンドチップスでいいかな？〟

アリッサは彼の優しさに感謝してにっこり笑った。

〝その必要はないわ。病院のカフェテリアで何か食べるから。遅くとも十時には帰るつもりよ〟

返信が来た。〝待っているよ。じゃあ、あとで。お母さんによろしく〟

アリッサが顔を上げると、母がじっと見ていた。

「元夫とはうまくいっているようね？」母が訊いた。

「ええ、とっても」彼女は立ちあがり、母のグラスに水を注《つ》いで椅子に座った。母はそれを飲み、すぐ前にあるベッドトレイにグラスを置いた。それから腕に刺された点滴の針に注意しながら、娘に手を差しのべた。アリッサは椅子をベッドに近づけ、母のひんやりした手をそっと握りしめた。

母が言った。「パパに聞いたわ。昨日の夜、コナーが一緒に来てくれたんですって？」

「ええ、そうよ」

「ダンテたちも来ていたはずよね。喧嘩《けんか》になったりしなかった？」

アリッサは笑った。「確かに、今にも凍《い》てつきそうなくらい最悪の雰囲気だったわ。おまけに最後には兄さんとコナーが待合室で二人きりになったのよ。実際に何があったのかはわからないけど。二人とも貝のように口を閉ざしていたから」

母は肩をすくめた。「ときには女性を交えずに、男同士で話をつけさせる必要もあるのよね。ただし流血沙汰だけは避けないと。そういうときは女性があいだに入ってでもやめさせるべきだわ」

それから夕方にかけて、アリッサの兄や弟たちが次々に母の見舞いに来た。義妹のリサやサンディも病室を訪れ、ひとしきり談笑したあと帰った。

やがて六時になり、父が戻ってきた。シャワーを浴び、髭《ひげ》を剃《そ》ってさっぱりしたらしく、家に戻る前よりもずっと活《い》き活《い》きしている。父は病室に入るとまっさきに母のところへ行ってキスした。

それから娘のほうを向いて言った。「あいつがロビーに来ていた」

アリッサは喜びで顔をぱっと輝かせた。

「おい、いったいなんだ、その顔は？　恋するティーンエージャーみたいだぞ」父が顔をしかめた。

アリッサは父の頬にキスした。「からかわないで、パパ。やきもちはみっともないわよ」

「ばかを言うな。早く行ってやれ」父はほほえんでいるようにさえ見えた。どうやら母の言葉が正しかったらしい、男は男同士で話をさせるべきなのだ。

ロビーに行くと、コナーだけでなくダンテと弟のマルコもいた。見た限りでは誰も怪我《けが》をしていなさそうだ。彼女を見たコナーが立ちあがり、近づいてすばやくキスした。

アリッサはわざと顔をしかめ、数歩下がって彼をしげしげと見た。「あら?　フィッシュアンドチップスは買ってきてくれなかったの?」

「きみとカフェテリアで何か食べようと思って」

「じゃあ、それでいいわ」彼女はもう一度キスした。

マルコが不満そうな声をあげた。「呆《あき》れたな。人前で堂々といちゃつくなよ」

兄のダンテは黙って首を振っていた。

カフェテリアで夕食をすませ、コナーはアリッサの案内で病室に顔を出した。そのあと二人はロビーでしばらく時間をつぶし、八時頃にアリッサが母親の様子を見に戻った。

それからコナーの家へ帰り、アリッサは彼に抱きしめられて眠った。まるで昔のように。

彼女の母親は翌日も、その翌日も、そのまた翌日も入院生活を続けた。アリッサは毎日朝食後に病院へ行き、夕食の時間まで戻らなかった。

経過はおおむね良好だと医者に言われたらしい。胎盤剥離の進行はなく、胎児も子宮の中で元気に動いているとのことだ。

コナーは毎晩六時頃に病院のロビーへ行った。三日目の夜には、アリッサの父親や兄弟が彼に普通に話しかけてくるようになった。地元のNBAチーム〈ポートランド・トレイルブレイザーズ〉が来期のリーグ優勝を果たせるかどうか議論する声が母親の病室まで届いたら、それこそアリッサまでロビーに出てくるのではないかとコナーは思った。

六日目、母の病室にいたアリッサに父が言った。自分も息子たちも、今までコナーに対して厳しく当たりすぎていたのかもしれない、と。

「あいつが七年前にやったことは今でも許せない。だが過去にとらわれて過ごすのも体に毒だ。それに、どうやらおまえが一方的にのぼせあがっているわけでもないらしい。その点はダンテたちも同意した」

母は声をあげて笑った。「わたしのほうが正しかったと、ようやく夫が認めてくれてうれしいわ」

父は母のベッドに歩み寄った。「ああ、我が最愛の妻よ。彼女は何事においても常に正しい」

「よろしい。そしてその夫である彼は、この事実を常に心にとめておくべきです」

アリッサはふんと鼻を鳴らした。「パパもママも、三人称で相手に話しかけるのはやめて。傍《はた》から見ているとすごく奇妙な感じだわ」

両親はアリッサの言葉をまるで聞いていなかった。母は手を伸ばして父の頬を愛《いと》おしげに撫でていた。

入院生活が七日目を迎えた日、母は退院して自宅療養に移ることができた。

看護助産師が定期的に訪問し、妊婦と胎児の体調に異状がないかチェックしてくれるらしい。これでもう大丈夫だろうと誰もが思った。担当医でさえ、今のところ早産の心配はほぼないとまで口にした。

自宅に戻った母親が落ち着いて療養できるように、アリッサも手伝った。その日は父も自宅にいたので、午後三時に彼女はドクター・ワーバリーの診療所に出かけた。

アリッサはドクターに、以前の生活に関する記憶をところどころ思い出したことを伝えた。この件はコナーや家族にはまだ何も話していなかった。

「記憶がどんどん戻ってきているのはとてもいい傾向ですね。しかも極めて短期間のうちに」ドクター・ワーバリーが言った。

「自分でもいろいろ調べたのですが、わたしのようなケースだと通常は記憶を取り戻すのにもっと時間がかかるそうですね？」アリッサは尋ねた。

「回復に至る経緯は人によって違います。あなたの症状は着実に改善されつつある。それもまれに見る早さで。大切なのはそこだけです。わたしとしてもうれしい限りですね。ところで、ご家族と元のご主人との関係はその後どうですか？」

「おかげさまで、いい感じです。実際、父も兄弟もコナーとうまくつき合えるようになったみたいで、以前とはずいぶん変わったと思いますが……」

ドクター・ワーバリーは膝の上に広げたノートにメモを取った。「何かためらっているようですね。話したいことがほかにもあるのでは？」

アリッサは正直に話した。「ただその、ええと、記憶を取り戻したことを今のところはまだ誰にも話していなくって」

ドクターは何も言わなかった。うまいやり方だとアリッサは思った。医者が沈黙を続けるあいだに、患者も自分がこのあと何を話したいかをじっくりと考えられる。

「まだみんなに話す気になれない。それだけです」アリッサは言った。「理由は自分でもわかりません。とにかく言いたくないんです。コナーについては……今の関係が心地よくて。もし記憶を取り戻したと打ち明けたら、そろそろ次の段階に進むべきだと言われるのではないかと不安です。彼の家を出て、両親の住む家に戻るべきだと説得されそうで」

「コナーが実際にそう言ったんですか？　あるいは、彼があなたに出ていってほしいと思っていると確信するような出来事が具体的にあったのですか？」

「まさか。むしろわたしが家にいるのを喜んでいるように見えます。わたしと同じように、彼も一緒に過ごす時間を楽しんでいると思います。とにかく、記憶が戻りつつあることをコナーには言いたくない。先生以外の誰にも話したくないんです。今はまだ」

「それなら無理に話す必要はありません。自分に過剰なプレッシャーをかけるのはよくないですからね。話すべきときが来れば、ちゃんとわかるはずです」

翌朝、アリッサは実家へ行って赤ちゃん部屋の準備を始めた。ベビーブランケットや小さなロンパースをたたんでいると、赤ちゃんを迎える日のために自宅にこもって準備に余念がないお母さんになった気分で、なんだかうきうきした。

携帯電話が鳴ったのでポケットから出して画面を見た。電話の相手はジェーン・ルヴローだった。〈ストラテジック・イメージ〉の営業担当部長で、アリッサの直属の上司だ。

心臓が急に激しく打ちはじめた。

電話を取るわけにはいかない。どんな話をすればいい？　うっかりへまをしたらどうしよう？　何もかも説明する必要に迫られるかもしれない——事故のこと。記憶の一部を失ったこと。仕事で重要な部分について、すべてを思い出せる保証はないこと。

この電話に出ることが、これまでのキャリアを失う最初の一歩になるかもしれない。

そのとき彼女は思い出した。そうだ。先日ニューヨークの友人に連絡したときは、何度かやりとりをしただけでいろんなことを思い出せた。

それに結局のところ、いつまでも上司との会話を避けるわけにもいかない。いつかは対峙《たいじ》しなければならない相手だ。

アリッサは覚悟を決めて電話に出た。

休暇中に申し訳ないと電話口で上司が謝罪する声

を聞きながら、アリッサは心臓をどきどきさせた。

「今すぐ一方的に電話を切られても当然よねって、本音では思っているくらいなの」

ジェーンの言葉につい笑ってしまい、アリッサは大丈夫ですと答えた。その瞬間、さっきまで感じていた恐怖が消えた。不思議なほど自信がわいてきて、何を訊かれてもうまく対処できる気がした。

ジェーンはある案件のことを口にした。

アリッサはすぐ思い出した。関係者全員の名前も、休暇を取ってオレゴンへ向かう前にプロジェクトがどこまで進んでいたかも。

ジェーンはさらに続けた。「あなたさえよければ、ビデオチャットに切り替えていいかしら？　あと、ビルも話に参加させたいの」ビル・ターリントン。わたしの休暇中は彼がこの件を担当しているはずだとアリッサは思い出した。

「もちろんです」彼女は答えた。「五分だけ待ってください。母の様子を見てきますので。あと、ノートパソコンを持ってきます」

四分後、アリッサはビデオチャットでジェーンやビルと話していた。

あなた抜きで業務を続けるのは、やっぱり楽ではないわとジェーンが冗談交じりに話した。

アリッサは上機嫌で、また何かあればいつでも連絡してくださいと伝えてチャットを切った。

今の電話とビデオチャットで、自分がどれほど仕事を愛していたかを彼女はあらためて思い出した。遠く離れたニューヨークに、自分の本来の暮らしが確かにあるのだと身に染みて感じた。

わたしは今もコナーを愛している。昔からずっと。そしてたぶんこれからも。

でも忘れてはいけない。わたしたち二人が一緒になったところで明るい未来は望めない。

わたしたちは人生に求めるものが違いすぎる。

9

　何か妙だな。

　コナーは目を覚ました。午前二時十分。今日は土曜日。ベッドには彼しかいなかった。

　コナーはその場で起きあがった。「アリッサ？」

　窓際の革張りの安楽椅子で、彼女が毛布をかぶり、うずくまるように座っていた。照明をつけると室内が急に明るくなり、二人とも目をしばたたいた。

「どうした？　何かあったのか？」

　アリッサは額にかかった髪をかきあげた。「思い出したのよ」悲痛な声だった。まるで大切な人を失い、心が押しつぶされそうだと言いたげな。

　ひどく怒っているようにも見える——彼に対して。燃えるような目でこちらをにらんでいる。近寄って抱きしめたいと思ったが、間違いなく嫌がられるだろうと考え直した。「何を思い出したんだ？」

「最初はただの夢だった。だけど途中で目が覚めて、はっきりとわかった。あなたと別れたときのことをすべて思い出したの。何があって、その結果どうなったのかを。あなたがわたしとニューヨークに行きたいと言ったことも、二人で立てた計画の内容も。一緒に過ごした数年分の記憶を全部。もしかしたら全部だと思っているだけかもしれないけれど……」彼女はこめかみをさすった。

　何か言わなければとコナーは思った。だが言葉が見つからない。どんな言い訳も無駄だ。何を言ってもこの場を取り繕うことはできないのだから。

「あなたは何年ものあいだ、本当の気持ちをずっと隠していた。わたしをだまし、嘘《うそ》に嘘を重ねていた。そして最後の最後にいきなり本音をさらけ出した。

ぼくは行かない、と」

「そうだ」ほかに何が言えるだろう？「何もかもそのとおりだよ」

アリッサはさらに続けた。「お兄さんがあなたを頼りにしているから行くわけにはいかないと言った。一年だけでいいから向こうで暮らしてみようと提案しても、〝いいかげんにしろ、ぼくは絶対に行かない〟と突っぱねた。さらに――」

「アリッサ」

「何？」

コナーは念を押すように言った。「以前にもその話はきみに包み隠さず伝えたはずだ。ぼくは自分が救いようのない愚か者だったことを自分で認めた。覚えているかい？」

「もちろんよ。あなたが家に来てそう話したことは覚えている。そんな目で見ないで。わたしが別の記憶喪失を起こしたみたいじゃないの」

「ぼくはただ、きみが何に怒りを覚えているのかを正確に知りたいだけだ」

アリッサは毛布の前をさらにぎゅっと閉じてつぶやいた。「怒っているのは、話してもらったことを忘れたからではないわ」

彼はゆっくりとうなずいた。「わかった」

「あのときは隠さず話してくれたし、わたしもその言葉だけで終わらせるつもりだった。あとであなたを許すとも言った。でも今、当時の記憶をはっきり思い出した。わかるでしょう？　あなたへの怒りがふたたびわき起こったのよ。あなたはわたしと行くのを拒んだだけでなく、自分の飛行機のチケットをキャンセルして自宅にこもり、一度もわたしに連絡をくれなかった。あなたから何か言ってくるのをずっと待っていたわ。電話でも、たった一行のメールでもよかった。それなのに何も来なかった。離婚を申し立てた書類が送られてきただけ。最低の男よ。

掛け値なしの大馬鹿野郎だわ」

　コナーはうなずいた。「きみの言うとおりだよ。ぼくは愚かだった。無分別で、子どもみたいにむきになっていた。それは自分でもよくわかっている」

　彼女は冷ややかな笑みを浮かべた。「何よ、それ……ものわかりのいい男にでもなったつもり？」

「アリッサ、ぼくは自分が全面的に悪かったと理解できたからこそ、こう言っているんだ」

　彼女はコナーの顔をじっと見つめた。

「お兄さんが心配で、彼一人に会社を任せるわけにいかないと思っていたのなら、あのときそう言ってくれればよかったのよ。最初から正直に、あなたの心はバレンタイン・ベイにあるからわたしと一緒にニューヨークには行けないと説明してほしかった。いずれにせよわたしは決意を変えず、あなたと別れたかもしれない。だけど少なくともこんな憤りと苦々しさは感じずにすんだはず」

「わかるよ。確かにそのとおりだ」

　アリッサが両腕を軽く上げ、羽織った毛布がケープのようにふわりと広がった。白い裸身が垣間見えたが、彼女はすぐにまた毛布の前を閉じてしまった。

「今、あらためてそのときの嫌な思いを味わってるのよ。本当につらいわ」ブルーの目に涙が光る。

「おいで、アリッサ」彼は声をかけた。

　彼女はまったく動こうとしない。

「ほら」コナーは思い切って手を差し出した。

　アリッサはくすんと鼻を鳴らして頬についた涙の跡を毛布で拭った。「ここに座ってあなたの寝顔をずっと見ていた。穏やかに眠っているあなたを見て、なぐってやりたいと思ったけれど、やめた。だって今のあなたはすっかり変わったから。ねえ、教えて。昔わたしが結婚していた、身勝手で不器用な青年にいったい何が起きたの？」

「成長して大人になったんだよ」

「コナー……」彼女の目から涙がこぼれた。

　彼はもう一度手を差しのべた。「おいで」

　アリッサを包んでいた毛布が床に落ち、一糸まとわぬ姿が現れた。なんという美しさだろう。一目見ただけでコナーの全身が熱くなった。

　コナーはアリッサの手を取って引き寄せ、ベッドに横向きに寝かせて自分もその後ろに寄り添った。

「あのね、コナー」

「なんだい？」

「告白したいことがあるの」

「どんなこと？」

「この数日のあいだに、少しずつ思い出せるようになってきたのよ。ニューヨークでの暮らしや、仕事や、向こうにいる友人のことを」

　コナーは驚いた様子を見せず、アリッサの首筋にキスした。「そうか。おめでとう」

「隠していたのに、怒らないの？」

「ぜんぜん」

「ああ、コナー……」アリッサは顔だけ振り向いて彼の唇に短く激しいキスをした。

　アリッサが唇を離すと、今度はコナーが彼女の肩に沿ってキスしながら尋ねた。「事故当日のことは思い出せたのかい？」

「まだ何も。空白のままだわ。兄たちの話によると事故のあと初めて病院で会ったときは、その日サンセット・ハイウェイを通って〈キャンプ１８《エイティーン》〉の横を通り過ぎたことを覚えていたらしいの。それなのに真夜中に目を覚ましたときには全部忘れていて、七年間の記憶を失っていた。ポートランド行きの飛行機に乗ったことも、空港から車を運転して実家に向かったことも、いまだに思い出せないわ。ドクター・ワーバリーの話では、事故の瞬間とその前後の記憶は一生戻らないかもしれないそうよ」

「そうか。それなら最近思い出せたのはどんな記憶だったんだい？」コナーは小声で尋ねた。

アリッサは彼の手を取り、自分の心臓の近くへと導いた。「ドクターのアドバイスで、ニューヨークの友人たちに連絡をしてみたの。メールをやりとりしているうちにいろんなことを思い出した。彼女たちと一緒に過ごした場所とか、そのときの出来事とか。過去七年分の日常のあれこれを」

それは彼女の日常であって、ぼくの日常ではない。

アリッサはいずれここを去るのだと、彼はずっとみずからに言い聞かせてきた。それなのに心のどこかで彼女を自分のものだと考えていた。かけがえのない大切な存在として、決して忘れられない女性として、アリッサはいつもコナーの心の中にいた。

「記憶を取り戻したことをあなたに打ち明けるのが怖かった」アリッサがつぶやいた。「あなたの家にいる必要はもうないと判断されるかもしれない。今のような関係を続けるのは互いのためによくないとあなたが考えるかもと思うと、不安でたまらなかった。実家に戻れと言われたらどうしようと悩んだ」

彼はアリッサの黒髪を耳の後ろに撫《な》でつけながらささやいた。「考えたこともないよ」

「それを聞いてほっとしたわ」彼女は身をよじってコナーに向き直った。「わたしはこんなふうに一緒に過ごせる時間がほしいの。あなたと二人きりで。ほかには何もいらない」

「ぼくもきみにいてほしい。きみに出ていけと命令するなんてありえない」

アリッサは満面の笑みを浮かべて、彼の顎にキスしてから寝返りを打って背中を向けた。

やがてアリッサが言った。「ついこの前、実家にいたときにニューヨークの上司から電話がかかってきて……」彼女はそのとき感じた恐怖について話した。「でも結局は、友人たちに連絡したときと同じ結果になった。必要な知識はちゃんとわたしの頭の中に残っていたの。会社での数年間の記憶がいっきによみがえって、自分がどれほど仕事を愛していたかも思い出せた」

「うまくいって本当によかったじゃないか」

「そうね」彼女は照明のスイッチを消した。

彼はアリッサの体を引き寄せた。「眠い？」

「ええ。あなたも？」

コナーは低い声で答えてうなずき、背後からアリッサを抱きしめて耳を澄ました。彼女が発する規則正しい呼吸音が、静かな寝息に変わっていく。

二人の仲は極めて順調だ。しかしこれが永遠に続くものではないことを肝に銘じなければいけない。ぼくたちの基本的な関係が変わることは決してないのだから。

この街を出るつもりはない。家族のそばにいたい。兄と一緒に〈バレンタイン・ロギング〉の発展に貢献してきたことに、ぼくは誇りを持っている。ここ以外の場所で生きるなんて、ぼくには考えられない。

しかしアリッサは違う。遠く離れた大都会こそが彼女の生きる場所なのだ。

それからあっという間に十日が経《た》った。

アリッサは実家で料理や洗濯、掃除などをこなしながら毎日のんびりと過ごし、サンタンジェロ家の専属メイドになったような気分を楽しんだ。

何もかもうまくいっていた。母は元気に過ごしているし、アリッサとコナーの関係も日に日に良好なものになっていった。

毎晩のように一緒に過ごし、まるで何十年も連れ添った夫婦のように二人で夕食をとり、近くの浜辺まで散歩した。そして帰宅後はベッドで愛し合った。コナーはまるでアリッサが世界でただ一人の女性であるかのように優しく彼女に接し、ふたたび訪れたチャンスを一秒でも無駄にするのが耐えられないかのようにしきりにアリッサを求めた。

アリッサは隣に住んでいるミセス・ガーバーとも親しくなった。

「わたしのことはジャニンと呼んで。〝ミセス・ガーバー〟なんて、いかにも他人行儀だもの」

「じゃあ、今後は〝ジャニン〟で」

「ついでに彼にもそう言ってくれる？」

「ええ、必ず伝えます」

やがて八月の中旬になった頃、アリッサは自分が新たな問題を抱えていることに気がついた。

月曜の朝のことだった。コナーは一階で朝食の準備をしていた。アリッサはバスルームに入った。

髪をブラシでとかし、経口避妊薬《ピル》をのもうとした。

昨日から新しいシートに変わり、今日は二日目……。

薬のシートをしげしげと見て、眉をひそめた。

ピルは一シートでちょうど一カ月分だ。一昨日《おととい》、その最後の一錠をのんだはず。

それなのに生理が来ていない。通常なら一シート分をのみ終わる三、四日前に来るはずなのに。

アリッサは鏡に映る自分の顔をじっと見つめた。

まさかね。ありえない。

確かに入院中は服用できなかったけれど。

アリッサはシートからピルを一錠取って口に入れ、残りをバスルームの戸棚にしまった。

携帯電話にメールが届いていた。コナーからだ。

〝コーヒーが冷めてしまうよ〟

アリッサは階段を駆けおり、コンロで目玉焼きを焼いているコナーに背後から近づいた。

彼の腰に腕を回し、つま先立ちをして肩の上からフライパンをのぞき込む。「おいしそう。いい感じに焼けているわね」

コナーが彼女の額にすばやくキスした。「テーブルの準備は？」

「すぐやるわ」

それから二日が経っても生理は来なかった。

水曜の午後、実家からコナーの家に戻る途中で、アリッサは妊娠検査薬を二つ買った。

帰宅してから考え直し、検査薬はゲストルームの引き出しの奥にしまった。

すぐに結果を知る必要はない。いつかは子どもがほしいとずっと考えていた。コナーの子を妊娠したのなら、その子を産んで育てよう。

でも今はただ、このままバレンタイン・ベイでの生活を思う存分楽しみたい。休暇はあと九週間ある。彼にはまだ何も言わないでおこう。

ただ、妊娠のことを考えるまいとすればするほど、かえってそれが頭から離れなくなった。

不安はもう一つあった。ピルの服用を続けたら、お腹《なか》にいるかもしれない——本当にいればの話だが、赤ちゃんに影響が出ないだろうか？

ネットで検索したが、どのサイトにも妊娠中の服用が胎児に影響を与えることはないと書かれていた。

それでもやはり気になってしかたがない。

今の時点で妊娠が確実ではなくても、ピルの服用はやめておこう。あの日からずっと、ピル以外の方法での避妊はしていない。今夜から避妊具を使ってほしいと頼まなければ。でも理由を訊《き》かれたら？妊娠したかどうかもわからないのに、余計な心配をかけたくない。とりあえず嘘をついてごまかすしかないのでは？

彼をだますみたいで、たまらなく嫌だけど。

その夜もコナーは黒猫のモーリスを隣家まで返しに行った。アリッサは戻ってきた彼の手を取り、二階に上がった。

「避妊具はある？」コナーをベッドに座らせ、脚を開いて彼の膝にまたがりながら彼女は訊いた。

「ああ」彼はアリッサの喉をなめた。「急に必要になったのかい？　どうして？」

「ピルを切らしていて」罪悪感に苛《さいな》まれながら、アリッサは嘘をついた。

「じゃあ、今後は使うしかないな」彼はそう言ってキスした。

わたしを全面的に信頼しているのね。今の言葉をちっとも疑っていないみたい。

最低な女だわ、わたしって。

アリッサは彼の頭を両手で抱え、情熱的なキスを返した。するとコナーがさらなるキスの雨で応え、彼女は身も心もとろけるような愛撫《あいぶ》に身を任せた。

八月が終わり、九月になったが生理は来なかった。

母は妊娠三十五週目を迎え、自宅で快適な療養生活を続けていた。次の土曜日は、妊娠三十六週目に入るちょうど前日に当たる。

アリッサはお祝いをしようと思い、四層重ねのチョコレートケーキをつくった。父は得意料理のチキンソテーにマスカルポーネチーズとマスタード入りのマルサラソースを添えたメインディッシュを用意した。祝いの席にはサンタンジェロ家の兄弟とその妻や子どもたちも集まり、コナーも招待された。

ワインが用意され、ほとんどの大人たちが飲んだ——もちろん母を除いて。そしてアリッサのグラスに注《つ》がれたスパークリングワインがほとんど減っていないことに誰も気がつかなかった。みんなで母の回復とお腹の赤ちゃんの健やかな成長を喜び合い、誰がワインをどれくらい飲んだか、あるいは飲んでいないかを気にする人は一人もいなかった。

八時を少し回った頃、母はパーティのお礼を言い、みんなにおやすみのキスをして自宅へ戻った。九時過ぎにマルコの友人たちが家を訪れて、バレンタイン・ビーチでの焚《た》き火《び》イベントに彼を連れ出した。義妹たちは子どもを連れて帰って休ませたいと言い、夫のパスカルとトニーはまだ残ってお祝いをすると言い張った。

誰がその妙案を思いついたのかは不明だが、結局、パスカル、トニー、ダンテはバレンタイン・ベイの人気店〈シー・ブリーズ〉へ繰り出すことにした。

「姉さんはぜんぜん酔ってないはずだから、運転を頼むよ。そうしたらうちのサンディやリサも子どもを連れて帰れるしね」パスカルが言った。

どうやら皆が皆、彼女のグラスに気づかなかったわけではないようだ。「いつもと同じね。最後には女が男の尻拭いをさせられるんだから」アリッサはそう言ってわざとしかめっ面をした。

ダンテがコナーに訊いた。「来るか？」

兄とコナーはテーブルを挟んで互いに鋭い視線を向けている。アリッサは喉が締めつけられるような気持ちで二人を見守った。

「行くよ」コナーが答えた。アリッサは彼に顔を寄せ、頬に軽くキスした。

義妹たちは子どもを連れて家に帰った。コナーはダンテたちと一緒に自分のランドローバーに乗り、アリッサは運転席に座った。父が玄関先で車を見送りながら、気をつけて運転するんだぞと大きな声で呼びかけた。彼女は車をバックさせて駐車スペースから出し、〈シー・ブリーズ〉へ向かった。

店の駐車場はほぼ満車だった。アリッサはコナーたちを店の前で降ろし、駐車が可能な場所を探してしばらく周囲を回った。ようやく車を停《と》めて店へ戻り、中に入った瞬間、彼女は自分の目を疑った。店内がすっかり様変わりしていたからだ。ここを最後に訪れたのは八年か九年前で——そのときはコナーと一緒だった。

コナーのいちばん下の妹、グレイスが〈シー・ブリーズ〉の新しいオーナーのイングリッドとともにバーのカウンターで客の応対をしていた。

「こんばんは、アリッサ！」グレイスはカウンター越しに身を乗り出して彼女をハグした。「お連れの男性陣はあっちにいるわ」グレイスが指差したほうを見ると、コナーたちがいた。混み合った店内で、かろうじてテーブル席を確保できたらしい。

「すっかり模様替えしたのね、グレイス」

「まあね。おかげで店は大繁盛よ、ご覧のとおり」

「今夜は運転手役なの。クランベリージュースのソーダ割りはある？　ライム入りでお願い」

　グレイスはにっこり笑った。「すでに同じものを、コナーがあなたの分だと言って注文ずみよ。テーブルに置いてあるわ」

　アリッサは人混みをかき分けて店内を進み、コナーが彼女のために隣に確保した席に腰をおろした。

　彼の反対側には兄がいた。コナーに顔を寄せ、親しげに話している。何を話しているのかはわからなかったが、アリッサは特に気にしなかった。兄とコナーはかつての友情を取り戻しつつあるようだ。アリッサは心が温かくなるのを感じた。

　店の奥は外のパティオにつながっていて、星空の下で踊っている客が何人か見える。

　コナーが彼女に顔を近づけた。「最後にダンスをしたのはずいぶん前だったね」

　アリッサは彼のブルーグレーの瞳を見つめながら、胸をどきどきさせて答えた。「そうね」

「おいで」コナーが立ちあがり、彼女の手を取った。

　二人がパティオに出ると同時に、スローテンポの曲が始まった。コナーが彼女を引き寄せ、アリッサは吸い込まれるように彼の腕に身を任せた。

　アリッサの頭に、彼とダンスしたときの思い出がよみがえった。大学生だった頃にどこかのスポーツバーで踊ったことがある。それから何年かあと、誰かの結婚式で彼と踊った。

　そして九年前、二人の結婚式でも。

もう二度とできないと思っていた。コナーと手を取り合って踊ることは永遠にないのだと。だけど今、こうして互いの腕に抱かれ、三日月の明かりに照らされて二人で踊っている……。

　コナーと一緒に元のテーブルへ戻ると、兄の席が空いていた。飲みもののお代わりを頼みに行ったとトニーが言い、すぐにまたパスカルと話を始めた。

　アリッサはコナーの隣に腰をおろしながらバーのカウンターに目をやった。兄がグレイスと話し込んでいるのが見えた。互いに身を乗り出し、顔を寄せて会話に熱中している。兄が何か言うと、それを聞いたグレイスが笑う。彼女を見つめる兄のまなざしから察すると、ひょっとして……。

　どうやらコナーも気がついたらしい。彼が小声で悪態をつくのが聞こえた。

　アリッサは彼の手に自分の手を重ね、顔を寄せて耳元でささやいた。「落ち着いて、コナー」

「ダンテは三十一歳で、離婚経験者だぞ」

「だから何？　あなただって離婚を経験してるわ。まさか忘れたのかしら？」

　コナーはとがめるような目でアリッサを見た。

「グレイスはまだ若い。歳《とし》が離れすぎている」

「男女の仲なんて当人同士にしかわからないものよ。わたしの記憶が確かなら、あの二人は昔から仲がよかったわ。グレイスはもう立派な大人だし、自分のことは自分で決めていいはずでしょう？」

「ダンテはもっと分別を持つべきだ。あの子はぼくの大切な妹なんだぞ」

「だとしても、口を出すのはやめて」アリッサは鋭い視線を彼に向けた。「あなたがわたしとつき合いはじめたとき、大切な妹に手を出すなと兄が怒って大騒ぎになったのを覚えている？　今度はあなたが同じことをするつもり？」

「どうせダンテにとってはただの遊びだ」

「運命の相手に巡り合うまでは、誰だってたいていそんなものじゃないの？　それにグレイスが結婚を夢見ていると決めつけるのは早計よ。あれくらいの年齢って、毎日を楽しく愉快に過ごすことに価値を見出《みいだ》すものだから。そうなると、傷つくのはむしろうちの兄のほうかもしれないわね」

「そいつは傑作だな」

「真面目な話なのよ。とにかく、あの二人のことに口を出すのはやめて」アリッサは釘《くぎ》を刺した。

コナーは黙って首を振っただけだった。

ダンテが席に戻ったとき、グレイスとのあいだに何があったのか、コナーは問い詰めたりしなかった。ただ、そのあとは多少ぶっきらぼうな態度を続けていたようにアリッサには見えた。かわいい妹を守る兄として、彼は彼なりに思うところがあるのだろうとアリッサは心の中でつぶやいた。

その夜ベッドに入ったあとで、コナーが言った。

「わかったよ。きみが正しい。ダンテとグレイスのあいだにどんなことがあろうと、それは本人たちの問題だ。ぼくが口を出すべきではない」

「理解してもらえてよかったわ」アリッサは彼に身を寄せて片方の脚を腰に回し、喉元に顔を埋《うず》めた。

彼女がまどろみかけていたとき、コナーが訊いた。

「お母さんが心配かい？」

「最近はそれほどでも……どうして？」

彼が寝返りを打って仰向けになった。アリッサも体をずらしてコナーに寄り添った。

「じゃあ、仕事のことが頭から離れないとか？」

「会社のほうは問題なさそうよ」最近はビデオチャットで週に二回、定期的に同僚と話をしている。

コナーは彼女の髪を耳の後ろにかけてささやいた。

「ときどき、きみが何かに気を取られているように見えて」

ああ、本当に勘の鋭い人。あなたを愛しているわ。もしかしたらわたしのお腹にはあなたの赤ちゃんがいるかもしれない。なぜ避妊具を使ってほしいのか、本当の理由をわたしはまだあなたに話していない。ちゃんと話すべきなのに。

でも今はまだ言えない。「そうかもしれないわね。母の出産予定日まであと四週間だし、六週間後には仕事に戻ることになるはず……」

コナーは彼女の頭のてっぺんにそっと唇を当てた。

「話がしたいのかい？　将来について」

「まだずっと先の話よ」

「ぼくはきみと離れたくない」

彼の言葉を聞いて背筋がぞくりとした。わたしが望んでいるのと同じことを彼も望んでいる。だけど完全に一致するわけではない。わたしは今の仕事を愛している。コナーがニューヨークに来たがるとは思えない。それなのに離れたくないですって？

「マンハッタンに住む自分が想像できそう？」

「どうかな。今、頭に思い浮かべているところだ」

アリッサはくすくす笑った。「わたしたち二人の問題って、結局いつもそこに行き着くのね」

彼女の赤ちゃんは——お腹にいるならの話だが、今の状況をがらりと変えてしまうだろう。だからといって、それが必ずしもコナーといつまでも一緒にいられることを意味するわけではない。

広いアメリカの東と西の端に分かれ、共同で養育することになるかもしれないのだから。

アリッサは目を閉じた。今は考えるだけ無駄だ。

休暇はまだ何週間も残っている。それだけあれば、やがてはっきりするだろう。自分にどうしても欠かせないものは何か、本当に必要なもののためなら、喜んで手放せるものは何か、いずれわかるはずだ。

そうだわ。どこかのタイミングであの妊娠検査薬を試してみないと……。

10

それから二週間が経《た》ったが、購入した妊娠検査薬はいまだに未使用のまま引き出しの奥に残っていた。

「今日はお父さんが、自宅でお母さんのつき添いをしてくれるのかい？」日曜の朝、食事中にコナーが彼女に訊《き》いた。

「ええ」母は妊娠三十八週目に入っているはずだ。

彼はパンケーキにシロップを追加しながら言った。

「今日はずっときみと過ごしたい。どうかな？」

アリッサはオレンジジュースを一口飲んで、手にしたフォークを軽く上げた。「もちろんいいわよ。何かやりたいことがあるの？」

それはコナーの長年の夢だったと言ってもいい。彼は今、赤いビキニを身につけたアリッサとバレンタイン・ビーチへ来ていた。

「なんだか昔に戻ったみたい」砂浜でビーチタオルを広げたアリッサが笑った。

「昔みたいだが……それよりさらにいい」コナーは彼女の柔らかな肩と背中に日焼け止めを塗りながら、ティーンエイジャーだった頃の自分を思い出した。

十年以上前のことなのに、今でもはっきりと覚えている。日焼け止めを塗ったアリッサの体は、ココナッツとオレンジの香りがした。手が震えないようにするには超人的な集中力が必要だった……。手のひらから伝わる白い柔肌の滑らかな感触まで、ありありとよみがえってくる。

ちょうど今と同じように。

我知らず笑い声がもれて、アリッサにも聞こえたらしい。「何がおもしろいの、コナー？」

「少し考えていたんだ。もし今十五歳に戻れるなら、ぼくはどんな大金でも喜んで出すだろうなって」

「同感だわ。十三歳や十四歳はわたしにとって最悪な時期だったから」

「どうして？」

彼女がちらりとコナーを見た。「大好きな男の子がいたけど、ちっとも相手にされなかったの」

「ばかなやつだな、そいつは」

「本当よ……日焼け止めを貸して。今度はわたしが塗ってあげる」

彼女は砂浜に手をついてコナーの背中側に回った。日焼け止めをトートバッグにしまいながら、アリッサはぶるっと震えた。今日はビキニ姿でくつろぐには少し寒すぎる。二人は並んで砂浜に寝転んだ。コナーが彼女に身を寄せてキスし、さらにビキニのトップスの紐《ひも》をほどこうとした。

アリッサは小さく叫んで飛び起きると、笑いながら言った。「ただでさえ凍えそうなくらい寒いのよ。それなのにビキニを脱がせようとするなんて！」

「温めてあげようと思っただけだ」

「勝手に言ってなさい、もう知らないから」

コナーは肩をすくめた。「それなら家に帰って、ちゃんとした服に着替えるとするか」

「だめよ」アリッサは薄地のチュニックを羽織った。ブルーの目が輝き、口元にいたずらっぽい笑みが浮かぶ。「太平洋があなたを呼んでいるわ」

コナーはアリッサを追いかけて砂浜を走った。

二人は渚《なぎさ》でしばらく波とたわむれた。服や体がぬれないように注意したつもりだったが、二人ともすぐにびしょぬれになった。水があまりに冷たくて長くはいられそうにない。アリッサは寒さで震えているし、コナーも同じだった。それでも気にせずにはしゃいでいたので、ついに足の感覚がなくなってきた。アリッサの唇が少し青みがかっている。

　コナーは彼女を抱きあげて戻り、砂浜におろすと、ビーチタオルを丸めて持った。アリッサはトートバッグを腕にかけ、二人で家へ帰った。

　最高に楽しい時間を過ごせたとコナーは思った。やはり彼女を手放したくない。

いや、待てよ。別に手放す必要などないのでは？ぼくがニューヨークについていけばいいじゃないか。何年も前にアリッサに約束したように。

　今の家を引き払い、兄弟とも、親から引き継いだ事業からも離れ、心機一転して大都会で新たな仕事に励みさえすれば、それですべてが丸く収まる。

　七年のあいだアリッサのいない生活を続けてきた。何をしていても自分の中の大切なものが抜け落ちている気分だった。あんな思いは二度としたくない。

　家の近くまで来たとき、隣人のミセス・ガーバー――ジャニンが玄関前の階段に腰をおろしているのが見えた。

「モーリスがどこにもいないの」ジャニンが訴えた。「あの子はお宅が好きみたいだから、ひょっとして家の中で昼寝でもしているんじゃないかと思って」

　コナーは彼女の肩に手を回して言った。「確かにありえますね。一緒に捜しましょう」

　アリッサは二階を担当して、コナーとジャニンは一階と車庫を捜した。

　モーリスはどこにもいなかった。

「そのうち出てきますよ。見つけたらすぐに連れていきますから」コナーは力強く言った。

「コーヒーでもどうです？」アリッサも声をかけた。

「いいえ、結構よ」ジャニンは首を振った。「そろそろ失礼するわ……」アリッサのチュニックはまだぬれていたが、ともあれ彼女はジャニンとハグを交わした。「ありがとう、アリッサ」ジャニンは気丈にほほえんだ。

「本当につらそうだったな」ジャニンが帰ったあと、コナーがぽつりとつぶやいた。

「そうね。ときどき様子を見に行ってあげないと」

「彼女はあの猫を心から愛している。そのくせ家の中に閉じ込めておけないんだ」

「彼女が悪いんじゃないわ。モーリスがどんな猫か知っているでしょう？　あの子を閉じ込めるなんて誰にもできないわよ」

その日の夜、ブラボー家のディナーから帰ると、アリッサは隣家を訪れた。

玄関に現れたジャニンは気もそぞろな様子だった。

「このままだと頭がどうにかなりそうよ。あの子に会いたくてたまらない」

「あれから何か食べました？」

「お腹《なか》が空《す》かなくて」

アリッサはジャニンの肩に手を添えて家に入り、キッチンの場所を教えてもらった。

ジャニンは椅子に座り、アリッサは適当な材料を見繕って簡単なサンドイッチをこしらえた。

「どうぞ」グラスに注《つ》いだミルクと一緒に、サンドイッチをジャニンの前に置いた。

ジャニンはそれを食べながら、夫のことを話した。名前はテオで、二年前に亡くなったそうだ。「テオはモーリスをとてもかわいがっていたの」そして娘についても。「ミラといって、ちょうどあなたと同じくらいよ。今は結婚してサンディエゴにいるわ。孫も二人いてね。あまり会えないけど……」

アリッサは急に涙があふれそうになった。ジャニンが気の毒だった。大切な夫を失い、もしかしたら今度は飼い猫を失うかもしれない。そして娘は遠く離れた街にいる。なんだか自分のことのように身につまされてしまう。おかしな話だ。今のアリッサの境遇にはまったく当てはまらないのに。

ひょっとしたら本当に妊娠していて、その影響で気持ちが不安定なのかもしれないと、ふと考えた。

携帯電話がポケットの中で鳴った。コナーからのメールだ。〝そっちはどんな感じだい?〟アリッサの返信を読み、コナーも隣家を訪れた。

三人で相談して、モーリスの写真つきのチラシをつくって近所に配ることにした。ジャニンがモーリスの写真を用意して、アリッサはその場ですぐにチラシのデータを作成した。

「すてき。うちのプリンターで印刷するわ。明日の朝いちばんに」ジャニンが弾んだ声で言った。

翌日、つまり月曜日の早朝、実家へ行こうとしたアリッサは玄関の扉の下から一枚のチラシが差し込まれているのを見つけた。

「どこにいるにせよ、早くおうちに帰っておいで」まん丸な目をした黒猫の写真に彼女はささやいた。

おうちに帰っておいで。

わたしにとってはコナーが住んでいるこの家が、すでに自分の家なのだと心の中でつぶやいた。

実家に着くと父に出迎えられた。マルコはすでにいなかった。父も彼女の頬にキスして仕事に行った。

母はベッドで分厚いロマンス小説を読んでいたが、娘を見ていたずらっぽい笑みを浮かべて言った。

「話しかけないで。今、いちばんいいところなの」

犬のタッカーが部屋の隅に置いたベッドから起きあがり、跳ねるような足取りで彼女に駆け寄った。使い古した犬用おもちゃのロープをくわえている。アリッサの前にちょこんと座り、ロープを落とし、遊ぼうと言いたげにわんと吠《ほ》えた。

アリッサがロープの端を持って振り、タッカーが獲物を追いかけ回す。こっけいな犬のしぐさを見てアリッサが大笑いしていた、そのときだった。母があっと叫んで息を止めた。「アリッサ」母が言った。

「どうやら問題が発生したみたい」

11

　アリッサがおもちゃのロープの端から手を放すと、獲物をくわえたタッカーが誇らしげに走り去った。彼女は息をひそめて母に尋ねた。「問題って？」

　母は読んでいた本を脇に置き、大きなお腹《なか》に手を当てている。顔は青ざめているのに頬の中心だけが真っ赤になっていた。「陣痛よ。お腹が痛い……」

　アリッサはサイドテーブルの固定電話に飛びつき、短縮ダイヤルで母のかかりつけ医に連絡した。

「破水したみたい。出血もあるわ」仰向けで枕に頭をのせた母が、長いうめき声をあげながら訴えた。

　電話がようやくつながり、病院の受付係が出たが、母はどう見ても一刻を争う状態だ。「すみません、かけ直します」電話を切り、九一一番に通報した。救急車がこちらに向かっていることを確認したあと、アリッサはかかりつけ医にあらためて連絡した。母の症状を伝え、最後につけ加える。「救急車を呼びました。すぐに来るそうです」

「わかりました」かかりつけの産科医ドクター・シャルマは、自分もすぐに向かうと言った。

　十分後、救急車が到着した。さらにその十分後、母は担架に乗せられ、救急医療隊員につき添われて記念病院へ搬送された。

　アリッサはタッカーの餌と水を確認して、事前に準備しておいた母のスーツケースを取り出し、実家の鍵をかけて車に乗り込み、エンジンをかける前に父に電話した。

　電話に出た父に記念病院へ向かうと伝えると、父はできるだけ早く行くと答えた。アリッサは電話を切った。

次に兄の携帯電話に連絡した。留守電になったので切り、今度はマルコにかけた。二度目の呼び出し音で弟が出た。アリッサは状況を伝え、ほかの兄弟への連絡を頼んだ。

記念病院に到着すると父がすでに来ていた。産科の待合室で頭を両手で抱え込んでいる。

「パパ？」隣に座り、父の背中にそっと手を添えた。

「ドクター・シャルマはもう来ているの？」

「わからん。受付で訊《き》いたらここで待つように言われた。じきに誰か来るそうだ」父はアリッサの手を取った。「母さんは家でどんな様子だった？」ひどくおびえているように見える。

父が心臓発作を起こしたりしないように、事実をやや控えめに伝えた。「差し込みがあって、ええと、破水したと言ってたわ。陣痛も来ていたみたい」

「それで、大丈夫そうだったか？」

「ええ」アリッサは嘘《うそ》をついた。「元気だったわ。救急車もすぐに来てくれたから、きっと大丈夫よ」

そうよ、きっと大丈夫だわ。母と赤ちゃんをどうかお守りくださいと心の中で神様に祈った。

マルコが来て、アリッサと反対側の隣に座った。彼女は知っている限りの状況をあらためて話した。マルコはパスカルとトニー、そしてダンテにも連絡してくれたそうだ。三人ともできるだけ急いで行くと言っていたらしい。

数分後、ドクター・シャルマが両開きのドアの向こうから姿を現した。手術着《スクラブ》を身につけ、ブルーのマスクをストラップで首に下げている。

アリッサたちは弾《はじ》かれたように立ちあがった。

「どうぞおかけください」ドクターはいつもと同じ穏やかで知性を感じさせる声で言った。「奥さんはこちらへ搬送後すぐに救急処置室に入り、わたしが対応しました。検査の結果、胎盤早期剥離の疑いが濃厚で重篤な状態と思われたので、ご本人に説明し、緊急帝王切開手術の同意をいただきました」

　なんてことだ、と父がつぶやいた。

「お気持ちはわかります」ドクターは話を続けた。「先にご家族にお話しする時間がなくて誠に申し訳ありません。ですが、幸いにも手術は成功しました。奥さんはもう大丈夫。元気な男の赤ちゃんですよ。おめでとうございます」

「今、なんと？」父が叫んだ。

「ですから、無事に赤ちゃんが生まれ、母子ともに元気です」ドクターは繰り返した。「奥さんは全身麻酔の影響でまだ眠っておられますが、すぐに意識を取り戻すはずです」

　父が勢いよく立った。「妻は無事なんですね？」

「はい」

「赤ん坊は？」

「体重二千八百六十二グラム、自力呼吸あり。アプガー指数は生後一分が七点、五分時が八点で正常値です」

「その……なんとか指数とは？」

「出生直後の新生児の健康状態を表す指数です」ドクターは早口で説明した。

「なるほど」父は小声で言った。「あの、それで、妻と赤ん坊に会わせてもらいたいのですが」

「ええ、あとで面会の手はずを整えましょう」

「いえ、今すぐ……」突然、父が白目をむいてへなへなと崩れ落ち、床に倒れた。気を失っている。

「パパ！」アリッサは叫んだ。

　ドクターが父の横に屈《かが》み込んで膝をついた。隣にいたマルコとアリッサも父の顔をのぞき込む。

　数分後、父が目を開けて言った。「大丈夫だ」

　ドクターは父の額に手を当てて熱を診てから脈を測った。「ストレスですね。低血糖が重度になると失神することがよくあります。今朝は食事をとられましたか、ミスター・サンタンジェロ？」

「ええ、しっかりと」父は不満そうに答え、マルコとドクターに手を貸してもらって椅子に戻った。

「早く妻に会わせてください。今すぐに」

父はドクター・シャルマに連れられて、両開きのドアの向こうに消えた。

五分後、ダンテが病院に姿を現した。その直後にパスカルとトニーも到着した。一人ずつ回復室へ案内され、ほんの数分ずつだが母と赤ちゃんに会った。それから待合室へ戻って、母が産科病棟の個室に移るのを待った。そのあいだにアリッサはコナーにメールを送り、一部始終を報告した。

すぐに返信があった。〝これからそっちに行く〟

アリッサは胸がいっぱいになった。コナーがいてくれたらどんなに心強いだろう。

でも今はその必要はない。〝それには及ばないわ。手を借りたいことは特にないもの。母が個室に移るのをみんなで待っているだけ〟

〝助けが必要になったら、電話してくれるね？〟

〝ええ、必ず〟

次にアリッサは伯母のシビーに連絡した。今すぐオレゴン行きのフライトを予約するとしつこく言い張る伯母を説得するのに一時間近くを要した。

母が個室へ移ると、まず兄や弟たちが交替で会いに行った。今度は一人当たりの時間を長く取れた。最後にアリッサが行った。母はまだ意識が朦朧《もうろう》としていたが、生まれたばかりの弟を腕に抱いていた。父は靴を脱いでベッドに上がり、二人をまとめて抱きしめている。母はさまざまな医療用チューブだのモニター装置のコードだのを何本も体につけられた状態だ。それらをどうにか避《よ》けてあの体勢に持っていくのはさぞ大変だっただろう。

アリッサは身を乗り出し、母と小さな弟と父の三人に一人ずつキスした。

「みんなのおかげだわ」母が小さくつぶやいた。

「名前はマコーマック・サルバトーレだ」誇らしげに父が言った。小さな弟が小さな口を開けて大きなあくびをした。

「まだこんなにちっちゃいのに、ずいぶんたいそうな名前ね」アリッサは携帯のカメラを三人に向けた。「はい、みんな笑って」

　父が満面の笑みを浮かべ、母はかろうじて唇の端を上げた。小さな弟はもう一度大きなあくびをした。

　ほかの親戚や身内にも連絡して、新しい家族が加わったことを教えてあげてと母が言った。

「シビー伯母さんにも必ず伝えてくれ。母子ともに元気だとな」父が念を押した。

「もう連絡したわ、パパ」

「一度じゃ足りない。いいか、アリッサ。伯母さんは絶対にもう一回電話がかかってくると思っているはずだ。生まれたての甥《おい》っ子の様子や妹の回復具合を聞きたくてうずうずしているぞ。質問にはすべて答えて、最後にくれぐれも言い含めてくれ。母さんが電話できるようになったら、必ず伯母さんに連絡を入れさせますので、とな」

「まあまあ、アーネスト」母がいさめた。「シビーはわたしが心配だから電話してくれるのよ」

「そのとおり。おまえが心配だからひっきりなしにかけてくる」

　母は疲れた笑みを浮かべて言った。「伯母さんによろしく伝えておいてね、アリッサ」

「ええ、任せて。ママ」アリッサは答えた。

　待合室へ戻ると、弟たちはすでにいなかった。

「退院までどれくらいかかるか、誰か言ってたかい?」兄が訊いた。

「いいえ。でも本で得た知識によると、帝王切開の場合は最低でも二、三日はかかるそうよ」

「そうか、じゃあ」兄は立ちあがって手足をぐいと伸ばした。「ぼくも失礼するかな」

アリッサは兄とハグを交わした。「わたしはもう少し残るわ。心配するようなことはないと思うけど、念のためにね」

「おまえはぼくの自慢の妹だよ、アリッサ」兄は彼女の顎の下を指で軽くつついた。

これといった理由もなく、コナーのいちばん下の妹、グレイス・ブラボーの顔がふと頭に浮かんだ。兄と彼女のあいだには本当に何かあるのかしら？

ダンテは妹の表情から何かを感じ取ったらしい。顔をしかめて言った。「どうかしたか？」

わたしが知る必要はないわね。

「なんでもないわ。今日は大変な一日だったから、ちょっと疲れたの。それだけ」

「コナーに連絡すればいい。すぐ帰れ、テイクアウトで何か買ってこいってな」

アリッサは兄の肩をぽんとたたいた。「彼は仕事中なのよ、兄さん」

「おいおい、どうせすっかりおまえの尻に敷かれているんだろう？　電話一本で飛んでくるさ」

兄に平手打ちをお見舞いしたくなったが、彼女のためならなんだろうと持っていくぞと息せき切って走るコナーを想像して、うれしさが込みあげた。

「最近はコナーとずいぶん仲がいいのね」

「あいつもそれほど悪いやつじゃないと思うようになったからかな」

兄が待合室を出たあと、コナーにメールを送った。ついさっき撮ったばかりの両親と小さな弟の写真を添付して。

すぐに返信が来た。〝かわいいな。ということは、母子ともに元気なんだね？〟

〝今のところ元気いっぱいよ〟

〝まだ病院に残るのかい？〟

〝ええ、そのつもり〟

〝何か買って持っていこうか？〟

アリッサは思わずほほえんだ。

〝うれしい。だけど病院に持ってくるんじゃなく、家に持って帰って。あとで食べるわ。これから親戚にメールして、このビッグニュースを報告しないといけないの。それが終わったら帰るわね。ジャニンに電話してみたら？　一緒に食べようって〟

〝いいね。そうしよう〟

帰宅してからコナーが買ってきたテイクアウトの料理をジャニンも一緒に食べた。彼女は今日、チラシを何枚も配って歩いたそうだ。だが、モーリスに関する情報はまだ何もないとのことだった。

ジャニンが帰ると、アリッサはコナーの手を取って二階へ向かい、心ゆくまでベッドで愛し合った。

甘いひとときを過ごしたあとは、ブランケットを二人の体にかけ、ゆったりとくつろいで話をした。アリッサは今日一日の出来事を詳しく説明した。

「大変な一日だったね」話が終わると彼が言った。

「ええ。だけど何はともあれ、いい結果に終わって本当によかったわ」

彼女の髪をぼんやりともてあそんでいたコナーが尋ねた。「きみは……考えてないのかい？　つまり、子どもを産むことをだが」

アリッサの心臓が急に激しく打ちはじめ、彼女は罪悪感を覚えた。妊娠したかもしれないことをまだコナーに話していないからだ。

彼は顔をしかめ、アリッサの黒髪を梳《す》く手を止めた。「今はそういうことを考えるのも嫌か？」

「いいえ、ちっとも」気になっていたのはそのことではない。妊娠しているかどうかをできるだけ早く確認してコナーに伝えなければ。

そうよ、妊娠検査薬をすぐにでも試さないと。

「アリッサ？　どうかしたのかい？」

いっそこの場で打ち明けるべきかしら？

ああ、でも、まだ心の準備ができていない。

「なんでもないの」アリッサは答えた。「本当に」嘘つき、嘘つき、今にお尻に火がつくぞ――幼い頃によく聞いた言葉が頭の中でぐるぐる回っていた。彼女は横を向いてコナーの顔をまっすぐ見つめた。

「さっきの質問だけど、答えはイエスよ。わたしは母親になりたいわ。結婚した頃、子どもがほしいといつもわたしが言っていたのを覚えている？」

「ぼくも言っていた」

「そうだったわね」アリッサはつぶやいた。大学に入学してすぐつき合いはじめたときにも、将来は子どもがほしいと互いに話していたことを思い出した。

「あの頃と比べて、人生の残り時間がだいぶ減ってしまったと思ってるんでしょう？」

「少しはね。たぶん」

「あなたは男性だから、父親として過ごせる時間はまだ充分あるわ。うちの父をごらんなさい。五十歳にもなって子どもがまた生まれたのよ」

「珍しい話もあるものだ」ほほえんだコナーを見て、アリッサは天にも昇る気持ちだった。

体を起こしてコナーの唇にすばやくキスすると、枕を寄せてふたたび仰向けになり、頭をのせた。

「考えてみて。あの子が二十歳になったとき、母は六十八歳で、父なんか七十歳だわ」

「そいつはすごい」彼は肘をついてアリッサに顔を寄せた。二人の唇が重なった。「ところで、なんの話だったかな？」顔を上げたコナーが冗談交じりに尋ねた。

アリッサは彼の首に腕を回した。「これよ」そう言ってコナーを引き寄せてもう一回キスした。

それ以上の説明は不要だった。二人は言葉の代わりに互いの体を使って熱く語り合った。

アリッサの母と小さな弟、愛称マックが自宅に戻ったのは木曜日の朝だった。十時を少し回った頃、二人はドクター・シャルマから退院の許しを得て、父が運転する車で記念病院をあとにした。

マックはおっとりした性格らしく、驚くほど手のかからない子だった。少なくとも今のところは。

母の愛犬のタッカーは、飼い主が戻ったのを見て興奮のあまりぐるぐると回りつづけた。アリッサは昼食をつくり、父は食事を終えると仕事に行き、母とマックは二階のベッドで昼寝を始めた。

午後二時過ぎ、アリッサは二人の様子をこっそりドアの隙間からのぞいた。マックはベッド脇に置いた赤ちゃん用のバスケットの中に、母はベッドに起きあがってロマンス小説の続きを読んでいた。母の隣には犬のタッカーが体を丸くして寄り添っている。アリッサが静かにドアを閉めようとしたとき、母が本から顔を上げて彼女を見つけた。

母はにっこりほほえみ、しおり代わりのリボンを本に挟むと、ベッドの空いているスペースをぽんとたたいた。

「いいの？」アリッサは声に出さずに問いかけた。

母がうなずき、アリッサは忍び足で中に入った。音をたてないように注意しながらベッドに上がり、母の隣に寝転んだ。これならごく小声で会話できる。赤ちゃんを起こすこともないだろう。

天気のいい、十月にしては暖かい日だった。窓を開けてあるので穏やかな風が入ってきて、レースのカーテンを揺らしている。

「何か話したいことがあるのなら、なんでも言ってごらんなさい、アリッサ」母が促した。

「妊娠したみたい」思い切って母に打ち明けた。

母は小さな驚きの声をあげた。

「妊娠検査薬は買ったけど、まだ試してない」

「今、どれくらいなの？」

「八週か九週目……本当に妊娠していたらだけど」

「それで、コナーは？」

「まだ何も話していないわ。まずは検査薬で確認するのが先だと思って」

母は口元をぎゅっと引きしめた。

「言いたいことがあるなら言って、ママ」

「そうね、ちょっと考えていたの。八週か九週目ね。確認するのにちょうどいい時期じゃないかしら」

アリッサは母の手を取り、互いの指と指を絡めてしっかり組んだ。「わかってるわ。もう少ししたらちゃんとやるから。本当よ、ママ」


金曜日が過ぎ、週末が終わった。月曜日が終わり、火曜日になった。アリッサはどういうわけか妊娠検査薬をいまだに使っていなかった。

そして水曜日。アリッサは朝の十時にドクター・ワーバリーの診察の予約を入れていた。診療所へ向かう前にまずジャニンの家に寄った。

先客がいた。通りの反対側に住んでいる女性だ。黒猫のモーリスはいまだに行方不明だったが、ジャニンは捜索活動を通じて近所の住人たちとしだいに親交を深めていったらしい。モーリスのいない生活を寂しがっていることに変わりはなかったが、愛猫が姿を消す前よりも他者との交流が増えたおかげで、ジャニンの人生は以前よりもずっと豊かになったようだ。アリッサはそんなことを考えながらジャニンの家を出た。


「そうですね」ドクター・ワーバリーが言った。「問題はなさそうです。過去七年間の出来事についても、以前と違ってしっかり理解できています」

アリッサはすべてを思い出したとは言えないが、誰でもそれがあたりまえだ。それに今はもう、脳が自分に嘘をついていると疑うこともなくなった。

ドクターが尋ねた。「ところで、その後お母さんの具合はいかがです？」

「問題なく過ごしています。元気な男の子が生まれて、今のところ母子ともに健康ですよ」

それはよかったとドクターが言った。「これなら次回の予約を入れる必要はないでしょう。もし相談したいことができたら、いつでも連絡してください。頭痛が再発したときは躊躇《ちゅうちょ》せずに電話を。たしか数週間後にはニューヨークへ戻る予定でしたね？」

「ええ、あと二週間と少しで」本当にあっという間だった。時の経《た》つのがこんなにも早いなんて。

「それで、今日はほかにも相談したいことがあるのでは？」

アリッサはつい口を滑らせた。「実は困っていて。本当はこの街に残りたいし、家族とも離れたくありません。でもニューヨークでの暮らしも、仕事も大好きです。よそでは絶対に同じことができないので。とはいえ、元夫とここでずっと暮らしたい気持ちもあって。今でも彼を愛しています。おそらく昔からずっと愛していたんです。決断しなければいけないことは山ほどあるのに、どこから手をつければいいのかもわからない。もうどうしようもなくて」

「わたしにはそうは思えません」ドクターが言った。

アリッサは鼻で笑った。「先生の思い違いです」

「いいですか？ 何もかもいっぺんに片づけようとするから無理が生じるんです。最初にやるべきことを一つ、選んでください」

「何を選べばいいんでしょう？」

「やらなければいけないのに、ずっとそのままになっていることを。つまりやるのを避けていることを最初にやるんです」

アリッサは驚いて両手を頬に当てた。「避けていることがあると、なぜわかったんですか？」

ドクターは肩をすくめた。「わたしがどうやって知り得たかは関係ありませんよ。やはり先延ばしにしているものが何かあるのですね？」

アリッサは窓の外に視線を向け、しばらくじっと考えたあとで、ようやくしぶしぶ答えた。「ええ、確かにあります」

「それを実行しますか？」

「はい、やります」

「すばらしい！　いつやりますか？」

アリッサは笑った。「先生もずいぶん押しが強い方ですね」

「で、いつ？」

「ああ、もう、わかりました。今日必ずやります。診察が終わったらすぐに」

三十分後、アリッサはゲストルームのバスタブの縁に腰をかけ、検査薬のスティックを見つめながら判定結果が出るのを待っていた。

それほど時間はかからなかった。

スティックの窓にピンクの線が浮き出た。もはや事実は誰の目にも明らかだ。

そのときドアベルが鳴った。

扉を開けるとジャニンがいた。腕にモーリスを抱きかかえている。うれし涙の跡が頬に残っていた。モーリスは極めて元気そうで、黒々とした毛が以前にも増してつやつやと輝いていた。この辺りの住民全員がずっと心配していたのに、そのあいだ本人はどこかの家で大切にお世話をされていたのではないかと、つい疑いたくなった。

ジャニンが頭を撫《な》でると、黒猫は喉を鳴らした。

「十五分前にひょっこり戻ってきたの。玄関の扉を開けたら、この子がいて。餌だけあげてすぐここに来たわ。元気な姿をあなたにも見せてあげたくて」

アリッサはジャニンとモーリスを一緒にハグした。猫はすぐに飼い主の腕をすり抜けて家に入ってきた。

「今後は常に目を離さないようにして、家から出さないつもりよ」ジャニンが言った。

アリッサがふと見ると、黒猫はキッチンカウンターの端にちょこんと座り、悠々と辺りを眺めていた。あたかも自分がこの世界の主《あるじ》であるかのように。この子を家の中にとどめておくのは難しそうだと彼女は思った。「お祝いをしないとね、ジャニン。あなたも中に入って、クッキーでもいかが？」

ジャニンがモーリスを連れて帰ったあと、アリッサは浜辺に向かった。十月の灰色をした空の下で、砂浜を当てもなく歩き、海の上を飛ぶカモメの群れを見つめ、その悲しげな鳴き声を聞きながら考えた。コナーが帰ってきたらどんな言葉で伝えよう？

コナーが車庫の階段を駆けあがって家に入ると、リビングスペースの真ん中にアリッサが立っていた。なんとも言えない表情で彼をじっと見ている。

「どうした？」コナーは彼女に歩み寄った。「何かあったのかい？」そう尋ねながら肩に手を置いた。「アリッサ？」

「コナー、話があるの。長くなりそうだから座って話しましょう」

「わかった」二人はソファに並んで腰をおろした。コナーはアリッサの手を握って尋ねた。「それで、どうしたんだ？」

「話すべきだとわかっていたの。でも……」彼女が力なくコナーの体にもたれかかり、彼はアリッサを抱きかかえた。「いったいどこから話せばいいのか、わからなくて」彼女はコナーの肩に頭をのせた。

「大丈夫だよ。話してごらん」

アリッサが少し顔をそらして、上目遣いに彼を見た。「わたし、妊娠しているの」

一瞬、時が止まったような気がした。「もう一度、言ってくれないか？」

彼女が唇の端を少しだけ上げた。「来年の五月頃、赤ちゃんが生まれるのよ。あなたとわたしの」

「五月？」コナーは唖然《あぜん》として尋ねた。

アリッサはうなずいた。「わたしも最初は信じられなかった」そう言って肩をすくめた。「やっと今日、妊娠検査薬を試したの」彼女は頬を赤く染めた。「はっきりするまでは、あなたには黙っておこうと思って。検査薬を試すのをずっと後回しにしていたけれど、今日ようやく決心がついた。知りたかったことがついにわかったわ」

「アリッサ……」何か言わないとだめだとわかっていても、言葉が何一つ浮かんでこない。

彼女が笑った。「喜んでくれる？」

心臓が激しく打つのを感じた。「きみは？」

アリッサは彼の手を取り、自分の手で包み込んだ。「もちろん最高の気分よ。これであなたも子どもがいないまま年老いるのを心配せずにすむわね」

ああ、彼女はなんて美しいんだ。「まったくだな。これでやっと一安心だよ」コナーはわざと額の汗を拭うふりをした。

アリッサがまた笑った。コナーが突然、彼女の体を抱えあげてソファから立ちあがった。アリッサは小さな叫び声をあげ、彼の首につかまった。「何をするつもりなの、コナー？」

「二階へ行こう。お祝いをしないと」

彼女はコナーに軽くキスした。「そうね、じゃあ二階へ……」

自分の部屋に入ると、コナーはアリッサをそっとベッドにおろして心ゆくまでキスしながら服を脱がせていった。

アリッサは彼の額にかかった髪をかきあげた。「話し合うことがまだたくさん残っているのよ」

彼女の言葉がこだまのように頭の中で響き、コナーは不安をかき立てられた。話し合う？　何を？

アリッサの家はまだニューヨークにある。向こうで暮らしたいと言い張るつもりだろうか？

子どもと遠く離れて暮らす父親にはなりたくない。それだけは確かだ。

「話はあとだ」彼はうなるように言って、アリッサの口をふたたびキスで塞いだ。

今後についての相談はあとにして、二人はかつてないほど幸せなひとときをベッドで過ごした。そのあと一階におりてアリッサが用意しておいた夕食を二人で味わった。

彼女はモーリスが自力で家に戻ってきたことを話した。「今日の昼前に玄関先にひょっこり姿を現したんですって。ジャニンはもう絶対に外へ出さないと宣言していたけど」

「モーリスが素直に従うとは思えないな」

「わたしもまさに同じことを考えたわ」

食後にテーブルを拭き、食器洗浄機に皿を入れてしまうと、やることがなくなってしまった。

これまで互いに話題に出すのを避けていた事柄と、いよいよ向き合わざるをえなくなった。

二人はソファに隣り合って座ると、手を握り合い、計ったように同じタイミングで相手に話しかけた。

「わたしが思うに――」

「きみの考えを――」コナーは目をつぶり、深く息を吸って言った。「お先にどうぞ」

「ええ、ありがとう」アリッサは手を放し、自分の膝の上で重ねた。「妊娠検査薬を試すのをずっと先送りにしていた理由の一つは、たぶん結果と同時に人生の選択を突きつけられるのを避けたかったから。でも不思議なことに、陽性の判定結果を見た瞬間、何もかも単純で明確になった」アリッサはソファに座り直し、彼に向き直った。「わたしは今の仕事を愛しているわ。ニューヨークはわたしの夢を叶《かな》えてくれた街。だけど、こうして子どもを授かることができた今、この子のために何よりも避けたいのは、父親のあなたと母親のわたしが広いアメリカの西と東にわかれて暮らすことよ」

　コナーは言葉もなく彼女を見ていた。

「決心したの」アリッサが言った。「バレンタイン・ベイに戻るわ。この子を故郷で育てたい。わたしやあなたの家族とともに過ごせるこの街で。以前、わたしと離れたくないと言ってくれたでしょう？　あの言葉こそが、わたしにはすべてだった。当然、やるべきことはまだ山ほど残っているわ。いったんニューヨークに戻って、退職願を出して仕事を後任者に引き継ぎ、アパートメントの解約だの引っ越しの手配だの、そういったことを全部やらないとね。それが片づいたらこの家に戻ってきたい。あなたと、わたしたちの赤ちゃんと一緒にここで暮らしたい。あなたも同じことを望んでいればの話だけど」

12

　コナーは幸せのあまり心臓が破裂しそうになり、放心状態でアリッサを見つめた。その結果……。石のように無表情な顔になってしまった。

　じっと見ていたアリッサが不安そうに言った。

「そんな顔をするなんて……嫌だった？」

　コナーは目をしばたたき、動揺しながら答えた。

「えっ？　嫌なのかって？　まさか、そんなはずがない！　嫌だなんてこれっぽっちも思っていない」

　アリッサの唇にほほえみが浮かび、顔がぱっと明るくなった。「じゃあ、イエスということね？」

「そうだよ、アリッサ。ほかにありえないだろう？　きみがこの街に戻ってくる。ぼくと一緒に暮らしたいと言っている。しかもお腹《なか》にはぼくの子がいる。これだけの条件がそろったんだ。何度でもイエスと言わせてくれ」

「ああ、コナー。うれしいわ。でもほんの一瞬とはいえ、本当にぞっとさせられたわよ」

「なんと答えればいいかわからなかった。言葉ではとうてい言い表せない」彼はソファからおりると、アリッサの足元で片膝をついた。彼女の手を取って、柔らかな手の甲にそっと唇を当てる。「きみを愛している。きみをいつも想《おも》っている。きみを二度と失いたくない。どうかぼくと結婚してくれ、アリッサ。今すぐに」

彼女は身を乗り出してコナーの頬を指でたどった。

「わたしもあなたを愛しているわ。コナー」そして屈《かが》み込みながら彼に顔を寄せた。

二人の唇が重なった。

彼女のキスはいつまでも続いた。どれだけ長く続けてもまだ足りない気がした。

ようやくアリッサが顔を離し、彼を見て笑った。

コナーは提案した。「そうだ。明日、結婚許可証を取りに行って週末に結婚しよう。いいだろう？」

アリッサが彼の唇に指を当てた。「そんなに急《せ》かさないでよ、コナー」

彼は顔をしかめた。「今週末ではだめなのか？」

アリッサは唇をかんで首をゆっくり横に振った。

「どうしてなんだ？」

「そんなに急ぐ必要がどこにあるの？」

コナーは彼女の腕を取って引き寄せ、唇を奪った。

「ぼくは何年もの歳月を無駄にしている。これ以上一分たりともきみなしでは過ごせない」

「焦らずに一つずつ、物事を進めていきましょう。わたしは六週間後、長くても二カ月でここに戻ってくるから、そのあとで――」

「待ってくれ。二カ月？　そんなに長くニューヨークに？　それに明日には発《た》つみたいに言っているが、休暇はまだ三週間近く残っているはずだろう？」

「ええ。でも母も赤ちゃんも毎日問題なく過ごしているから、もうわたしがいなくても大丈夫。それにわたし自身が妊娠二カ月だから、遅すぎないうちにニューヨークでやるべきことをすませて戻りたい」

　彼女がニューヨークに行かなければいけないのはわかっていた。だが二カ月も？　とてもじゃないが長すぎる。

　とはいえアリッサが話していることは確かに筋が通っている。認めたくはないが。「せめてニューヨークへ発つ前に結婚してくれないか？」

　アリッサの表情が少しだけやわらいだ。「コナー……」そしてため息をつき、彼の肩に頭をのせた。

「だめよ、まだ今は。あなたと最初に結婚したとき、わたしはまだ二十歳だった。あのときは急ぎすぎた。また同じ失敗を繰り返したくない」

「バレンタイン・ベイに戻ってきたら、ずっと一緒にいてくれるね？」

「ええ」アリッサがほほえんだ。この笑顔はどんな暗闇でも明るく照らしてくれるだろうと彼は思った。

「わたしの帰るべき場所はこの家だもの。あなたとここで一緒に暮らす以外の選択肢はありえないわ」

　いくら出発を急ぐにしても、せめて一週間はまだここにいるだろうとコナーは高をくくっていた。

　その見通しは甘かった。アリッサは次の土曜日、つまり三日後の朝九時半のポートランド発ニューヨーク行き直行便のチケットを予約した。

　木曜の夜、彼女の家族がお別れの食事会を開いた。妊娠のことは母親だけに伝えたそうだ。ほかの家族にはまだ内緒にしてくれと言い含めたらしい。ただ、二カ月もしないうちにアリッサがニューヨークからこの街へ引っ越してくる予定だということは、食事会の席で彼女の口から皆に伝えられた。

「こっちで母さんや父さんと一緒に暮らすのか?」

ダンテが訊《き》いた。

アリッサはコナーの手を取った。「一緒に住んでほしいと言われたの。その場でイエスと答えたわ」

金曜日にアリッサはレンタカーを返却して、同じ日の午後にコナーの運転でポートランドへ向かった。

行きがけに〈キャンプ18《エイティーン》〉で昔を忍びながら二人でハンバーガーを食べた。その夜は空港近くのホテルに泊まり、飛行機の発着音をＢＧＭにして愛を交わした。

そしてあっという間に土曜の朝が来てしまった。ホテルのレストランで無料の朝食をとり、コナーはアリッサを空港のターミナルまで送った。本当は保安検査場の手前までついていきたかったが、ここで大丈夫だとアリッサが言い張った。コナーは彼女を抱きしめて最後にもう一度キスした。ニューヨークに着いたらすぐメールすると彼女は約束した。

自宅のドライブウェイに車を入れたとき、玄関先の階段にモーリスがちょこんと座って、彼を待っているのが見えた。黒猫はコナーのランドローバーと一緒にするりと車庫へ入ると、家に続く階段を彼の先に立って駆けあがっていった。

家の中はがらんとして見えた。アリッサがいないせいだ。コナーはソファにどさりと腰をおろした。モーリスがソファに飛びあがって膝の上にのってきたので、しばらく撫《な》でてから隣の家へ返しに行った。

その二時間後、アリッサからメールが来た。

〝無事に到着。フライト中もこれといった出来事はなし。早くもあなたが恋しくてたまらないわ〟

それならさっさと帰ってくれればいいじゃないか。彼は心の中でそうつぶやいたものの、メールには書かずに〝愛してる。ぼくもきみに会いたい〟とだけ送った。アパートメントに着いたらまた連絡する、と返信が来て――その言葉どおりにメールが届いた。日曜日、アパートメントにあるクローゼットの写真が送られてきた。〝我が誇りと喜び〟と見出しがついていた。

〝最高!〟彼は返信した。

目を大きく見開いた顔の絵文字が返ってきた。彼女はニューヨークで楽しくやっているようだ。コナーの心が急にずしりと重たくなった。

何かが間違っている気がする。

月曜の朝、目を覚ました瞬間にはっとした。

このままアリッサに憧れの仕事と華やかなニューヨークでの暮らしをあきらめさせて、本当にいいと思っているのか? それでは七年前にやったこととほとんど変わらないじゃないか。

コナーはメールを送った。〝もう会社に辞表を出してしまったかい?〟

返信が来た。〝いいえ。話をするどころか水曜日まで出社できないわ。ほかにもやることが多くて。でも、どうして?〟

〝メールだと長くなる。今夜、電話していいかな? そっちの時間で夜の八時はどうだろう?〟

〝なんだか怖くなってきたわ〟

〝心配しなくていい。約束する。きみの都合は?〟

〝いいわよ。今夜ね〟最後にハートのマークが二つ。

コナーはハートを四つ並べて返信した。

午後二時過ぎ、兄のダニエルがオフィスに来た。

「話がある。少しいいかい?」コナーは兄に訊いた。

兄は脱いだ上着を椅子にひょいと放り投げながら言った。「浮かない顔だな。一杯やるか?」そしてグラスを二つ取り出してスコッチを注《つ》ぎ、安楽椅子に腰をおろしてコナーに尋ねた。「何があった?」

「アリッサのことだよ。彼女が仕事を辞めてバレンタイン・ベイに戻ってくる……ぼくと暮らすために。子どもができたんだ」

「ほう」ダニエルはにやりと笑い、グラスを掲げて言った。「よかったじゃないか。おめでとう」

「ありがとう」

兄が眉をひそめた。「それなら、どうしてそんなしかめっ面をしている？」

「彼女は今の仕事を愛している。ぼくとの暮らしや赤ん坊のことを考え、辞めると決心したんだろう」

「おまえ、ニューヨークに行くつもりだな？」

コナーは別に驚かなかった。兄はのみ込みが早い。こちらの考えをすぐに察するはずだとわかっていた。

「行きたい。だが兄さんの負担は増やしたくない」

兄はスコッチを一口飲んだ。「一時的にリモートワークをするという手もあるじゃないか。七年前とは違うんだ。ぼくに遠慮して、ここに残るのが自分の義務だと考えたりするなよ、いいな？」

「わかった。そうするよ、兄さん」

兄はうなずいた。「それでいい。なら行ってこい。ニューヨーク行きの航空券が取れしだい、すぐに」

「何か問題でもあったの？」アリッサの声が電話口から聞こえてきた。「いったいどういうこと？」

彼女の声を聞いただけで、世界がこれまでとは違って見えるとコナーは思った。

「話したいことがある。明日、そっちに行く」

「えっ？」彼女は笑った。「冗談でしょう？」

「パソコンをチェックしてごらん。フライトの予約メールを転送しておいたから」

「ちょっと待って……」やがてアリッサが電話の向こうで歓喜の叫びをあげるのが聞こえた。

コナーは思わずにやりと笑った。

彼女の自宅である高級アパートメントは、マンハツタンのレオナード・ストリートにあった。

名前を告げるとドアマンが扉を開け、コナーを建物の中に入れてくれた。エレベーターで九階まで上がると、アリッサが部屋のドアを開けて待っていて、あっという間に彼の腕に飛び込んできた。

「あなたがここにいるのが、とても信じられない」

彼女はコナーにキスした。

たった三日間離れていただけなのに、それよりもはるかに長いあいだ会っていなかったかのように。

二人は生まれたままの姿になって愛を確かめ合い、幸せに満ちた二時間を過ごした。

そのあとシーツの乱れたベッドに並んで座った。

「話って何？」アリッサが促した。

「きみが今の仕事を愛していることは知っている。それを簡単に辞めさせてしまうのが嫌で、兄と話して解決策を見出《みいだ》した。ぼくがニューヨークに拠点を移し、当面はリモートワークで仕事を続ける」

アリッサが小首を傾げて彼を見つめた。かすかに笑っているような魅惑的な唇。こんな顔をされたらまたキスしたくなってしまう。「わたしはあなたが大好きよ、コナー。あなたとずっと一緒にいられて、愛し愛される日々を生涯続けられたら、あとはもう何もいらない」ほほえんだ彼女のブルーの目に涙がきらりと光った。

やがてアリッサはコナーの膝に寄りかかり、彼は艶やかな黒髪に唇を寄せ、優しく撫でながら言った。

「泣かないで。きみが悲しむことはないだろう？」

彼女は少し顔を上げ、上目遣いにコナーを見た。

「あなたがわたしのためなら喜んでアメリカ大陸を横断すると言ってくれたのがうれしくて。でも……わたしがあのとき故郷に戻ると言ったのは、本気であの街に戻りたくて、そう宣言しただけ」

コナーは息をのんだ。「本当にいいのか？」

「ニューヨークではなく、バレンタイン・ベイの街で一緒に暮らすのは嫌かしら？」

「本当にそれでいいんだね？」

「わたし、そう言わなかった？」彼女はほほえんだ。

どんな言葉も思いつかず、コナーはキスで答えた。

翌日、アリッサは会社に退職の意向を伝えた。事情を聞いた上司のジェーンから、在宅での勤務か、せめて契約社員のコンサルタントとして残ってはどうかと提案された。結局、バレンタイン・ベイに戻ったあとも在宅の契約社員として仕事を続けることにした。

金曜日は二人にとって記念すべき一日になった。初めて二人で婦人科を訪れ、アリッサの妊娠が正式に確定した。出産予定日は五月初旬とのことだ。

コナーがニューヨークのアパートメントを訪れてから一週間が経《た》ち、二人が初めて結婚した日から数えてちょうど九年が経ったその日、アリッサとコナーはふたたび夫婦となった。結婚式はマンハッタンのワース・ストリートにある市役所で挙げ、アリッサの友人二人が立会人を務めた。

「結婚式とは別に、日をあらためてお披露目のパーティもしたいの」その夜ベッドでアリッサが言った。「たぶん赤ちゃんが生まれたあとで。最初の結婚はさんざんな結果に終わったけれど、今度は車の事故や記憶喪失といったさまざまな試練を乗り越えて、今日という幸せな日を迎えられた。パーティは来年の同じ日でどうかしら？」彼女はコナーの頬に手のひらを当ててキスした。

「いいね。ぜひそうしよう」コナーがうなずいた。

目を閉じて眠りにつくアリッサの唇にほほえみが浮かんでいた。人生は不思議に満ちている。彼女は幸運の女神に導かれてもう一度コナーと結ばれた。

どんなときも決して忘れることのできなかった、ただ一人の運命の男性と。

ハーレクイン®

捨てられた妻は記憶を失い
2024 年 6 月 5 日発行

著　　者	クリスティン・リマー
訳　　者	川合りりこ（かわい　りりこ）
発 行 人	鈴木幸辰
発 行 所	株式会社ハーパーコリンズ・ジャパン 東京都千代田区大手町 1-5-1 電話 04-2951-2000（注文） 0570-008091（読者ｻｰﾋﾞｽ係）
印刷・製本	大日本印刷株式会社 東京都新宿区市谷加賀町 1-1-1
表紙写真	© Olga Donchuk ｜ Dreamstime.com

造本には十分注意しておりますが、乱丁（ページ順序の間違い）・落丁（本文の一部抜け落ち）がありました場合は、お取り替えいたします。ご面倒ですが、購入された書店名を明記の上、小社読者サービス係宛ご送付ください。送料小社負担にてお取り替えいたします。ただし、古書店で購入されたものについてはお取り替えできません。®とTMがついているものは Harlequin Enterprises ULC の登録商標です。

この書籍の本文は環境対応型の植物油インクを使用して印刷しています。

Printed in Japan © K.K. HarperCollins Japan 2024

ISBN978-4-596-77662-4 C0297

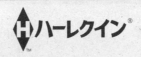

◆◆◆◆ ハーレクイン・シリーズ 6月5日刊 発売中

ハーレクイン・ロマンス　愛の激しさを知る

秘書が薬指についた嘘	マヤ・ブレイク／雪美月志音 訳	R-3877
名もなきシンデレラの秘密 《純潔のシンデレラ》	ケイトリン・クルーズ／児玉みずうみ 訳	R-3878
伯爵家の秘密 《伝説の名作選》	ミシェル・リード／有沢瞳子 訳	R-3879
身代わり花嫁のため息 《伝説の名作選》	メイシー・イエーツ／小河紅美 訳	R-3880

ハーレクイン・イマージュ　ピュアな思いに満たされる

捨てられた妻は記憶を失い	クリスティン・リマー／川合りりこ 訳	I-2805
秘密の愛し子と永遠の約束 《至福の名作選》	スーザン・メイアー／飛川あゆみ 訳	I-2806

ハーレクイン・マスターピース　世界に愛された作家たち ～永久不滅の銘作コレクション～

純愛の城 《特選ペニー・ジョーダン》	ペニー・ジョーダン／霜月　桂 訳	MP-95

ハーレクイン・ヒストリカル・スペシャル　華やかなりし時代へ誘う

悪役公爵より愛をこめて	クリスティン・メリル／富永佐知子 訳	PHS-328
愛を守る者	スザーン・バークレー／平江まゆみ 訳	PHS-329

ハーレクイン・プレゼンツ作家シリーズ別冊　魅惑のテーマが光る 極上セレクション

あなたが気づくまで	アマンダ・ブラウニング／霜月　桂 訳	PB-386

※予告なく発売日・刊行タイトルが変更になる場合がございます。ご了承ください。

6月14日発売

ハーレクイン・シリーズ 6月20日刊

ハーレクイン・ロマンス

愛の激しさを知る

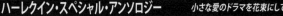

乙女が宿した日陰の天使	マヤ・ブレイク／松島なお子 訳	R-3881
愛されぬ妹の生涯一度の愛 《純潔のシンデレラ》	タラ・パミー／上田なつき 訳	R-3882
置き去りにされた花嫁 《伝説の名作選》	サラ・モーガン／朝戸まり 訳	R-3883
嵐のように 《伝説の名作選》	キャロル・モーティマー／中原もえ 訳	R-3884

ハーレクイン・イマージュ

ピュアな思いに満たされる

ロイヤル・ベビーは突然に	ケイト・ハーディ／加納亜依 訳	I-2807
ストーリー・プリンセス 《至福の名作選》	レベッカ・ウインターズ／鴨井なぎ 訳	I-2808

ハーレクイン・マスターピース

世界に愛された作家たち
〜永久不滅の銘作コレクション〜

不機嫌な教授 《ベティ・ニールズ・コレクション》	ベティ・ニールズ／神鳥奈穂子 訳	MP-96

ハーレクイン・プレゼンツ作家シリーズ別冊

魅惑のテーマが光る
極上セレクション

三人のメリークリスマス	エマ・ダーシー／吉田洋子 訳	PB-387

ハーレクイン・スペシャル・アンソロジー

小さな愛のドラマを花束にして…

日陰の花が恋をして 《スター作家傑作選》	シャロン・サラ 他／谷原めぐみ 他 訳	HPA-59

文庫サイズ作品のご案内

◆ハーレクイン文庫…………………毎月1日刊行
◆ハーレクインSP文庫……………毎月15日刊行
◆mirabooks……………………毎月15日刊行

※文庫コーナーでお求めください。

5月刊 好評発売中！

Harlequin 45th Anniversary

“ハーレクイン”の話題の文庫
毎月4点刊行、お手ごろ文庫！

作家イメージカラー入りの美麗装丁♥

『白いページ』
キャロル・モーティマー

事故で記憶の一部を失ったベルベット。その身に宿していた赤ん坊をひとりで育てていたある日、彼女の恋人だったという美貌の実業家ジェラードが現れる。

（新書 初版：R-326）

『蝶になるとき』
ダイアナ・ハミルトン

イタリア屈指の大富豪アンドレアに片想いしている、住みこみの家政婦マーシー。垢抜けず冴えない容姿をアンドレアに指摘され、美しく変身しようと決意する！

（新書 初版：R-2155）

『やすらぎ』
アン・ハンプソン

事故が原因で深い傷を負い、子供が産めなくなったゲイルは、魅惑の富豪にプロポーズされる。子供の母親役が必要だと言われて、愛のない結婚に甘んじるが…。

（新書 初版：I-50）

『愛に震えて』
ヘレン・ビアンチン

10代のころから、血のつながらない義兄ディミートリに恋をしているリーアン。余命わずかな母を安心させるために、義兄から偽装結婚を申し込まれ、驚愕する。

（新書 初版：R-1318）

※ハーレクインSP文庫は文庫コーナーでお求めください。